Kurzgeschichten

Band 2

Zwischen den Schatten -

Geheimnisse und Abenteuer

von

Reiner Maria Sommer

Kurzgeschichten

Band 2

Zwischen den Schatten -

Geheimnisse und Abenteuer

von

Reiner Maria Sommer

Buchbeschreibung:

Die Sammlung von Kurzgeschichten „Zwischen den Schatten" ist ein facettenreiches und vielseitiges Werk, das sich mit verschiedenen Themen auseinandersetzt. Die Geschichten sind in drei Hauptthemenbereichen unterteilt:

Menschliche Beziehungen: In diesen Geschichten geht es um die Beziehungen zwischen Menschen, um Liebe, Freundschaft, Familie und Konflikte. Beispiele sind die Geschichten „Wann ist ein Mann ein Mann?", „Tiere und Menschen im Einklang" und „Ein modernes Märchen".

Gesellschaftliche Themen: In diesen Geschichten werden aktuelle gesellschaftliche Themen wie Umweltschutz, Gerechtigkeit und Politik behandelt. Beispiele sind die Geschichten „Australien - im Schatten des Barriereriffs", „Enkelmanie - Elliot" und „Schatten auf der Stadt".

Religiöse Themen: In diesen Geschichten werden religiöse Themen wie Glaube, Hoffnung und Sinn des Lebens behandelt. Beispiele sind die Geschichten „Rainer Maria Rilke - Seine Geschichte", „Der Schatten - Eine Trilogie" und „Das Paradies ist noch nicht fertig".

Die Geschichten sind in unterschiedlichen Stilen geschrieben, von realistisch bis hin zu phantastisch. Sie sind sprachlich ansprechend und spannend erzählt.

Gesamtbewertung

Die Sammlung von Kurzgeschichten „Zwischen den Schatten" ist ein gelungenes Werk, das sich durch seine Vielseitigkeit und Qualität auszeichnet. Die Geschichten sind ansprechend geschrieben und behandeln interessante Themen. Sie sind für Leser jeden Alters geeignet. Unterstützt wurde der Autor durch das KI – Tool Bard von Google. Vor allem bei Recherchen war dieses Tool sehr hilfreich. Es konnte neue Ideen und Inspirationen geben.

Über den Autor:

Reiner Maria Sommer ist ein Pseudonym, unter dem der Autor schreibt. Sicher ist sicher, so denkt und lebt er zusammen mit seiner Frau in einer kleinen Stadt in Süddeutschland. Der Autor ist in einer kleinen Stadt in Ostdeutschland geboren. Kurz nach seiner Geburt floh seine Mutter mit ihm im Kinderwagen in den Westen. Hier ist er dann aufgewachsen und zur Schule gegangen. Er hat einen technischen Beruf erlernt und in diesem Beruf gearbeitet. Nach seiner Pensionierung hat er sich entschieden, das Schreiben zu erlernen. Nach einigen Stationen in seiner Rente entschloss er sich, das Schreibhandwerk zu erlernen. Zusammen mit der Laudius Akademie besorgte er sich den entsprechenden Schliff zum Schreiben. In seinem Berufsleben schrieb er auch viel. Meistens technische Berichte und Sachverhalten. Das bedeutete unter anderem, ein sehr diszipliniertes Verhalten an den Tag zu legen. Das führte zum Erfolg. Den möchte er jetzt, auch mit denselben Prämissen, als Autor fortführen.

Kurzgeschichten

Band 2

Zwischen den Schatten Geheimnisse und Abenteuer

Von

Reiner Maria Sommer

Tel.:

1726256853

rmein65@gmail.com

1. Auflage, 2024

© 2024 Reiner Maria Sommer Alle Rechte vorbehalten.

Herstellung und Verlag: BoD – Books on Demand, Norderstedt
ISBN: 9783758320149

rmein65@gmail.com

Inhaltsverzeichnis

Diese Geschichte ist ein bewegendes Porträt einer jungen Familie, die von Alkoholproblemen belastet ist. Der Autor beschreibt die Situation der Familie mit viel Einfühlungsvermögen und zeigt, wie Alkohol die Beziehungen zwischen Menschen zerstören kann.

Diese Geschichte ist eine spannende und unterhaltsame Erzählung über die Kindheit Jesu. Der Autor zeichnet ein lebendiges Bild von Jesu Leben und seinen ersten Begegnungen mit der Welt.

Diese Geschichte ist eine fiktive Biografie des Dichters Rainer Maria Rilke. Der Autor erzählt von Rilkes Leben und Werk mit viel Sympathie und Verständnis.

Diese Trilogie ist ein tiefgründiger und philosophischer Text, der sich mit dem Thema Schatten auseinandersetzt. Der Autor untersucht verschiedene Aspekte des Schattens, sowohl positive als auch negative.

Diese Geschichte ist eine rührende und humorvolle Erzählung über eine kleine Wespe, die große Träume hat. Der Autor erzählt von Quirrlas Abenteuern mit viel Witz und Charme.

Diese Geschichte ist ein hoffnungsvoller Text, der sich mit der Beziehung zwischen Menschen und Tieren auseinandersetzt. Der Autor zeigt, dass Menschen und Tiere in Frieden miteinander leben können.

Diese Geschichte ist eine spannende und unterhaltsame Erzählung über Jesus, der in die heutige Zeit reist. Der Autor zeigt, dass Jesus auch heute noch relevant ist und dass seine Botschaft auch für junge Menschen wichtig ist.

Die drei Gedichte in dieser Sammlung sind allesamt gelungene Werke, die sich durch ihre sprachliche Schönheit und ihre inhaltliche Tiefe auszeichnen.

Diese Geschichte ist ein spannender und abenteuerlicher Text, der sich um einen Meisterdieb dreht, der einen wertvollen Schatz stiehlt, um ihn zu retten. Der Autor erzählt von Olivers Abenteuern mit viel Spannung und Action.

Diese Geschichte ist ein bewegendes Porträt eines jungen Mannes, der mit Hassrede konfrontiert wird. Der Autor zeigt, wie Hassrede Menschen verletzen und ihre Ängste verstärken kann.

Diese Geschichte ist ein spannender und unterhaltsamer Text, der sich um einen Banküberfall und einen Unfall dreht. Der Autor erzählt die Geschichte aus verschiedenen Perspektiven, was zu einem interessanten und vielschichtigen Bild führt.

Diese Geschichte ist ein hoffnungsvoller Text, der sich mit dem Thema Umweltschutz auseinandersetzt. Der Autor zeigt, dass es noch Hoffnung für das Great Barrier Reef gibt, wenn sich Menschen für seinen Schutz einsetzen.

Diese Geschichte ist eine humorvolle und unterhaltsame Erzählung über zwei Großmütter, die sich um ihren Enkel streiten. Der Autor zeigt, dass es wichtig ist, Kompromisse einzugehen und sich gegenseitig zu respektieren.

Diese Geschichte ist eine moderne Interpretation der Weihnachtsgeschichte. Sie thematisiert die Bedeutung der Wahrheit in der heutigen Zeit und zeigt, dass auch junge Menschen sich für Gerechtigkeit und Wahrheit einsetzen können. Die Geschichte ist gut geschrieben und spannend erzählt.

Diese Geschichte ist ein spannender und abenteuerlicher Text, der sich um einen jungen Prinzen dreht, der einen Kirchenschatz stiehlt, um ihn zu retten. Der Autor erzählt von Prinz Louis Napoleons Abenteuern mit viel Spannung und Action.

Diese Geschichte ist eine spannende und unterhaltsame Erzählung über zwei Kinder, die ein wertvolles Gemälde finden. Der Autor erzählt von den Kindern und ihren Abenteuern mit viel Witz und Charme.

Diese Geschichte ist ein lehrreicher und spannender Text, der sich um die Geschichte Österreichs im 17. Jahrhundert dreht. Der Autor erzählt von den politischen und gesellschaftlichen Ereignissen dieser Zeit mit viel Sachkenntnis und Spannung.

Diese Geschichte ist ein spannender und unterhaltsamer Text, der sich um einen Mord in Rosenheim dreht. Der Autor erzählt von den Ermittlungen der Polizei mit viel Spannung und Action.

19. „Das Paradies ist noch nicht fertig" 91

Diese Geschichte ist eine tiefgründige und philosophische Erzählung, die sich mit dem Thema des Paradieses auseinandersetzt. Der Autor untersucht verschiedene Aspekte des Paradieses, sowohl positive als auch negative.

20. „Schatten auf der Stadt" 93

Diese Geschichte ist eine spannende und unterhaltsame Erzählung über zwei Architekten, die an städtebaulichen Plänen für Europa arbeiten. Der Autor erzählt von den Herausforderungen, vor denen die beiden Architekten stehen, mit viel Spannung und Action.

Wann ist ein Mann ein Mann

Ein Mann, doch nicht der Adam

Sebastian wurde umgehend in das örtliche Krankenhaus eingeliefert. Ein Virus hatte sich seiner bemächtigt. Der geht zurzeit rum. Jeder Zweite hat sich angesteckt. So hat man die Situation relativiert. Alles konnte man relativieren. Dann ist es ja nicht so schlimm, jeder hatte das schon mal. Das wird schon wieder. Aber Sebastian war jetzt im Krankenhaus auf der Intensivstation. Sonst gab es keine freien Betten mehr. Allein der Weg dorthin war eine Odyssee. Vom Anruf beim Notarzt bis zu dessen Eintreffen dauerte es eine gute halbe Stunde. Als dann die Diagnose vom Notarzt feststand, es war der Norovirus, ging es ab ins Krankenhaus. Nur in welches? Der Notarzt telefonierte. Bis der Krankentransporter da war, dauerte auch noch so eine Weile. Dann der Weg in das örtliche Krankenhaus. Es war glatt auf den Straßen. Sebastian sollte mit der Trage in den Krankentransporter geladen werden, er selbst war schon sehr schwach, dabei rutschte einer der Notdienstler aus und fiel samt Sebastian auf die Straße. Nichts weiter passiert. Die Fahrt hatte es auch in sich. Mit Sirene über die Kreuzung, ein Fahrzeug konnte nicht bremsen und schon lag der Transporter auf der Seite. Alles in allem nach zwei Stunden war Sebastian endlich auf der Station. Jetzt konnte er durchgecheckt werden, um dann zu erfahren, ja, das geht zurzeit rum. In ein oder zwei Tagen kann er wieder nach Hause. Nur Norovirus, also Glück gehabt. Sebastian war ein Mann, der konnte schon was ertragen.

Am Nachmittag kam Jana Sebastian zu Besuchen. Das Handy von Sebastian war aus. Jana konnte ihn nicht erreichen. Ein Zettel lag auf dem Küchentisch. Daher wusste sie, wo er steckte. Jana war Sebastians Freundin. Sie nannte ihn Sebbe. Das klang schöner fand sie. Seit ein paar Jahren kannten sie sich. Per Zufall lernten sie sich kennen. Sebbe war in Stuttgart bei einer großen Firma zu Übersetzungszwecken. Jana war auch dort als IT-Expertin. Irgendwie saßen sie beim Mittagessen am gleichen Tisch und kamen ins Gespräch. Das führten sie am Abend in einem Restaurant fort. Sebbe hatte Jana eingeladen. Anschließend brachte er sie nach Hause. Von da an trafen sie sich jeden Tag und zogen dann in den Bodenseekreis. Sebbe hatte hier eine Wohnung. Hier lag Sebbe nun im örtlichen Krankenhaus. Jana besuchte ihn. Sebbe berichtete ihr von seinem Abenteuer mit dem Krankenwagen und wie es um ihn steht. Nur eine Nacht sollte er bleiben. Schade, sagte Jana daraufhin. Hätte ja mal eine Abwechslung zu Hause geben können. Sebbe schaute sie an. Ich bin hoffentlich Abwechslung genug. Sie lächelte. Wer weiß? Am anderen Nachmittag holte Jana den Sebbe ab. Ihm ging es ganz gut und Appetit hatte er auch wieder. Jana hatte schon was vorbereitet. Sie war so still heute. Sebbe konnte sich das nicht erklären. Sonst hatte sie immer viel zu erzählen. Und so frug er sie. Nichts ist, sagte sie. Nichts leise seufzend.

Janas Eltern lebten in einem Vorort von Stuttgart. Sie bekam von ihrer Mutter die Nachricht, dass sie bei dem Glatteis schwer gestürzt war und ins Krankenhaus musste. Oberschenkelhalsbruch. Der Klassiker. Kommt bei älteren Menschen schon mal vor. Meist in Zusammenhang mit Osteoporose. Musste untersucht werden. Sie wurde von einem Krankentransporter in das nahe gelegene Krankenhaus gebracht. Ging alles ganz glimpflich ab. Sie bekam einen Gips und musste vorerst dortbleiben. Und das bereitete Jana Sorgen. Sie wollte Sebbe damit nicht belasten. War ja auch nichts Spruchreifes. Aber sie musste es durchdenken. Ihr Vater saß im Rollstuhl und war auf Muttern angewiesen. Janas Bruder konnte nicht helfen, der war in Südamerika. Also abwarten, im Augenblick ging es ja noch. Aber im Laufe der Woche musste was unternommen werden. Sebbe war die ganze Woche noch krankgeschrieben. Jana arbeitete an einem wichtigen Projekt und konnte nicht weg.

Als Jana so beiläufig erwähnte, was geschehen war, reagierte Sebbe erst gar nicht. Erst am anderen Tag, als er sah, wie fahrig Jana war, erfasste er die Situation. Und dann kam es zum Streit. Nicht der Erste, sie waren schon geübt im Streiten. Sie standen vor dem Problem, was zu machen sei. Jana konnte nicht und Sebbe sollte nicht. Das Problem dabei war, dass Sebbe gerne mal ein Glas Wein trank und auch sonstiges Hochprozentiges. Nicht immer, aber in seiner freien Zeit kam das schon mal vor. Er fand auch nicht, dass da was dabei sei. Alkohol trank doch jeder. Also nichts Schlimmes. Was Jana aber daraus machte, konnte er nicht verstehen. Natürlich war Autofahren nicht drin, natürlich sah er manches nicht mehr so eng, aber das machte ihn noch lange nicht zu einem schlechten Menschen. Und eng sehen wollte er auch nicht. Im Gegenteil, so manchmal half es ihm, einen Weitblick für die Dinge zu bekommen. Und den brauchte er in seiner Arbeit. Zurück zum Problem der Jana. Ihre Mutter lag im Krankenhaus, ihr Vater war allein zu Hause. Sie konnte nicht weg und Sebbe war noch krank. Sie musste mit Sebbe reden. Überhaupt reden ist immer wichtig. Aber ohne Vorurteile, ohne festgefahrene Einstellungen. Jana hatte eigentlich keine Vorurteile. Deshalb wunderte sich Sebbe, als sie ihm eröffnete, dass er nicht helfen könne. Natürlich kann er helfen. Er kann fahren, das Auto gehörte ihm. Und jetzt rückte Jana mit der Sprache heraus. Mein Problem ist dein Alkohol, sagte sie. Ungläubig schaute Sebbe sie an. Welches Problem? Er hatte noch nie ein Problem mit dem Alkohol. Er trank ja nur, wenn er freihatte, wenn er daheim war oder zu einem Fest. Und dann auch nur mäßig. Das sagte Sebbe jetzt und es klang nach seiner Verteidigung. Jana sah das aber ganz anders. Und so eskalierte der Streit, bis es zu einem Wutausbruch seitens der beiden kam und sie sich nur noch angeschrien haben.

Am anderen Tag, das Feuer war verraucht, Sebbe und Jana sprachen wieder miteinander. Sebbe war nüchtern und bot an, zu Janas Eltern zu fahren. Nein, Jana wollte mit, musste mit. Sie telefonierte mit ihrem Vater, dann mit dem Krankenhaus und dann mit ihrer Firma. Ein Tag Urlaub war drin. Da musste dann alles erledigt sein. Für Sebbe gar kein Problem. Bis Stuttgart waren es gut zwei Stunden Fahrtzeit. Zuerst schauten sie nach dem Vater, dann nach der Mutter. Der Vater war versorgt. Er wurde von einem örtlichen sozialen Hausdienst betreut. Die Mutter lag im Krankenhaus und es ging ihr schon viel besser. Sie telefonierte täglich mit ihrem Mann.

Gegen Abend ging es dann wieder zurück. Der Vater war versorgt, die Mutter beruhigt. Nächstes Wochenende wollte man sie wieder besuchen. Unterwegs gab es noch einmal ein paar Versuche der Klärung zu der letzten Nacht, allein erfolglos. Sie wollten auch keine Eskalationen mehr. Zu Hause angekommen, öffnete Sebbe sich erst mal eine Flasche Roten. Dann las er seine Post und die E-Mails durch, danach in Janas Gesicht. Er fühlte sich seiner Freiheit, seiner Entscheidung enthoben. Er als Mann. Jana hatte für ihn entschieden. Kein Wein, heute nicht, morgen nicht und überhaupt nicht mehr. Und auch sonst keinen Alkohol mehr. Sebbe verstand die Welt nicht mehr. Was wurde ihm alles vorgeworfen, was musste er sich alles anhören und was hatte er zu seiner Verteidigung zu sagen? Nichts zählte mehr. Und dann trank er sein Glas Wein und noch eins und noch eins und dann wurde es besser. Der andere Tag begann sehr friedvoll. Sebbe sorgte für Frühstück, Jana schlief noch, alles war ruhig. Die Zeit, in der sich Sebbe am wohlsten fühlte. Erst mal einen Kaffee, die Zeitung, die neuesten Infos sammeln, den Tag planen. Sebbe arbeitete als freier Übersetzer für unterschiedliche Firmen. Das Geschäft boomte. Er hatte damit sein Auskommen. Die Aufträge kamen per E-Mail oder Internet herein und mussten schnell abgearbeitet werden. In ein bis fünf Tage konnte er solch einen Auftrag abwickeln. Sebbe brauchte einen klaren Kopf. Tagsüber trank er nie Alkohol. Nach so einem Tag schon. Jana kam oft spät nach Hause. Und dann konnten sie nicht mehr viel miteinander reden. Nur das Wichtigste.

Es war ein Samstag, Jana kam aus dem Schlafzimmer, ihr Gesichtsausdruck verhieß nichts Gutes. Das Problem mit ihren Eltern lag ihr noch im Magen. So wie sie aussah. Ja, und überhaupt, es funktionierte wieder mal gar nichts. Der Müll nicht runtergebracht, die Küche nicht aufgeräumt, die Wäsche türmte sich und Sebbe, ja, der kriegte das auch nicht hin. Entsprechend war die Stimmung an diesem Morgen. Es kam erneut zu einem Streit. Der endete mit einem Rauswurf. Sebbe musste gehen. Wohin auch immer, Jana war das egal. Sie konnte, sie wollte ihn nicht mehr ertragen. Sebbe verzog sich, war nicht das erste Mal. Es war das Beste, was er tun konnte. Irgendwann kam dann eine Nachricht, wo er denn bliebe, das Essen sei fertig. Heute nicht. Keine Nachricht. Den ganzen Tag nicht. Sebbe wurde unruhig. Was, wenn? Jetzt gingen doch viele Fragen durch seinen Kopf. Was hat er denn falsch gemacht? Was, wenn sie einen anderen hatte, Frauen stellen einen ja gerne vor vollendete Tatsachen und sind dann zu allem entschlossen. Es war auch noch seine Wohnung.

Sebbe sass in einer Kneipe vor sich eine Flasche Schnaps, daneben ein Schnapsglas. Irgendwann schmiss ihn der Wirt raus, sternhagelvoll fiel er auf die Straße. Die Beine trugen ihn nicht mehr. Es war sehr schattig draußen. Zum Glück sammelte eine Polizeistreife ihn auf und brachte ihn in die Ausnüchterungszelle. Und Jana? Wie immer musste sie sich bewegen. Sie räumte auf, spülte, wusch Wäsche, saugte Staub, wischte den Boden. Sie war hyperaktiv. Alles auf einmal machen, nur nicht nachdenken. Und ihre Eltern? Sie musste ihre Mutter anrufen, wie es ihr geht. Gut ging es ihr und auch ihrem Vater. Wo war Sebbe? Ist sie doch zu weit gegangen? Sie musste zur Arbeit, man wird sehen.

Und Sebbe? Der dachte nach. Und dachte und dachte. Was dachte er? Es war eine Mischung aus Wut, Trauer und Verwirrung. Er fühlte sich verletzt und gefangen in sich selbst. Da kam er nicht mehr heraus. Grönemeyer fiel ihm dann ein. Wann ist ein Mann in Mann. Ja, wann? Er, der Jammerlappen, war das der heutige Mann?

Der Alkohol wollte seinen Tribut, Nachschub. Sebbe ging in seine Kneipe. Der Wirt schaute ihn an. Und, machst du weiter? Ja. Also Schnaps und dann seine Gedanken darin versenken. Wann ist ein Mann ein Mann? Nach zwei Gläsern fühlte sich Sebbe wenigstens so. Er schwor sich, er würde Jana die Leviten lesen, ihr die Wahrheit sagen, ihr zeigen, wo es lang geht. So ist nun mal ein Mann. Oder doch eher kritisch, sich selbst gegenüber, aber verständnisvoll für andere? Wie ein Mann, der die Weisheit mit Löffeln zu sich genommen hat? Er konnte sehr verständnisvoll sein, wenn er wollte. Aber Verständnis wofür? Diese unsäglichen Vorwürfe, dieses unumstößliche Meinungsbild. Dagegen musste er aufbegehren, er war ein Mann. Nach dem vierten Glas war es dann die Freiheit, die er wieder hatte, konnte er tun und lassen, was er wollte. Jana hatte eh keine Ahnung.

Es setzte sich ein Mann zu ihm. Er lächelte freundlich und sagte: Das tut dir gut und zeigte auf den Schnaps. Er begann Sebbe eine Geschichte zu erzählen. Es lebte ein Mann in einem fernen Land. Das war ein weiser und umsichtiger Herrscher. Alle in der Stadt lobten ihn. Eines Tages kam eine Frau zu ihm mit einem Anliegen. Sie brachte ihm eine Flasche Wein mit. Von dem trank der Mann erst ein wenig, dann mehr. Dabei hörte er sich an, was die Frau zu sagen hatte. Der Mann hatte zuvor noch nie Alkohol getrunken. Es war das erste Mal. Und so schlief er nach der geleerten Flasche ein. Als er wieder aufwachte, sah er die Frau auf dem Boden liegen. Die Kleider lagen neben ihr, ihr Hals war durchgeschnitten. Starr vor Schreck schaute der Mann auf die Bescherung. War er das? Hatte er die Frau auf dem Gewissen? Was war geschehen, er konnte sich an nichts mehr erinnern. War das das Werk eines Mannes?

Sebbe verstand, was der Fremde sagen wollte. Nur konnte er mit Alkohol umgehen. Noch nie hatte er seiner Jana was getan, egal wie viel er getrunken hatte. Und so trank er noch ein Glas und bot dem Fremden auch eines an. Der lehnte ab. Jana war in ihrer Arbeit versunken. Über das Wochenende gab es eine Cyberattacke auf verschiedene Firmen der Region, für die sie zuständig war. Nun musste der Schaden abgeschätzt werden und auch die Ursache musste ergründet werden. Wie konnte das geschehen, war die Frage. Die Antwort zu suchen, war jetzt ihre Aufgabe. Kriminelle nutzen das Internet, um sich selbst zu bereichern oder anderen zu schaden. Dabei werden unterschiedliche Angriffsmuster verwendet, die wiederum an die Motivation hinter den Cyberattacken angepasst sind. Mit Umsicht und Sicherheitsstrategien kann man sich aber wehren. Eine der Aufgaben von Jana. Das Sicherheitskonzept der Firmen war oft sich selbst überlassen. Aus Kostengründen. Oder aus Unkenntnis. Veraltete Betriebssysteme sind oft Angriffspunkte. Zwar werden die gewartet, aber Hacker kennen deren Schwachstellen. Regelmäßige Updates und Patches sind unerlässlich, auch für die Antivirenprogramme. Darauf achtete Jana, aber nicht alle wollten dafür zahlen. Und wo nicht, zahlten sie jetzt, denn die Schadsoftware wird meistens erst freigegeben, wenn bezahlt wird. Das kostet. Am Abend kehrte Jana heim. Ein komisches Gefühl in der Magengegend. Essen konnte sie nicht. Schon bei ihrem Eintritt in die Wohnung roch sie den Schnaps. Schnarchen hörte sie es aus dem Schlafzimmer. Sebbe war wieder da. Erleichterung bei Jana. Nein, sie regte sich nicht darüber auf. Es ging eh vorüber und Sebbe konnte ganz gut ohne Alkohol auskommen, sie ließ ihn schlafen.

Als Sebbe aufwachte, hatte er einen Brummschädel, sonder gleichen. War also billiger Fusel, was der Wirt ihm da angedreht hatte. Mund trockengelegt, die Blase kurz vor dem Platzen. Also raus auf die Toilette und dann Wasser. Sollte man nicht trinken, ist aber in dem Augenblick kurz vor dem Verdursten, scheißegal. Und das Wasser tat gut. Wo bin ich denn, dachte er noch, dann kam der Blackout. Als er wieder zu sich kam, beugte sich Jana über ihn. Besorgt schaute sie zu ihm hinunter. Krankenwagen? Schien sie zu sagen. Ihre Lippen bewegten sich. Ihre Lippen waren ihm so vertraut. Die Erinnerung kam zurück zu ihm, so wie Jana zurück zu ihm kam. War er erleichtert. Nein, er brauchte keinen Krankenwagen, nicht schon wieder. Langsam erhob er sich, Jana half ihm auf das Sofa. Da ist Kaffee, sagte sie und deutete in die Küche. Ich muss los. Bis heute Abend. Noch einen Kuss auf die Stirn und dann war sie weg. Sebbe musste seine E-Mail checken und dabei schlürfte er den Kaffee von Jana. Und dann hatte er auch noch Hunger. Da stand noch was auf dem Herd. Zum warm machen. Nie wieder Alkohol schwor er sich. Und dann machte er sich an seine Aufträge der Übersetzungen. Und dann noch ein Termin als Dolmetscher wahrnehmen, die Woche war gelaufen. Es war ja schon Mittwoch.

Im darauf folgenden Jahr heirateten Jana und Sebbe, Jana war schwanger. Sie wollten ihrem Kind ein Zuhause mit Eltern der klassischen Art geben. Und vielleicht werden es ja noch mehr Kinder. Streiten konnten sie immer miteinander. Auch mal heftig. Aber sie wussten auch, streiten gehört zum

Leben und nur durch Streit ließ es sich menschlich weiterentwickeln, neue Erkenntnisse gewinnen.

Sebbe trank nicht mehr, seine Einsicht in ein Leben unter Alkohol zu führen, war nicht sehr amüsant und es ging auch ohne. Da ist aus einem Mann ein Mann geworden.

Kindheit Jesu

Ein neuer Auftrag

Conradt erhielt vom Deutschen Wetterdienst den Auftrag, nach Wetterdaten im Nahen Osten zu forschen. Die Daten sollten allerdings schon aus einem Jahr um null herum sein. „Das Jahr null gibt es nicht", sagte Conradt zu seinem Freund und Kollegen Rienhard, den er mit dem Auftrag betraute. „Aber wie du das machst, bleibt dir selbst überlassen." Die Wetterdaten sollten lediglich als Einblick in das damalige Klima im Nahen Osten verstanden werden. Conradt war der Chef der Luft- und Raumfahrt-Technik „Kommunikation" in Stuttgart. Bei ihm liefen alle Fragen und Anforderungen aus Wirtschaft und Politik zusammen. Spezielle Aufträge wie die des Wetterdienstes leitete er weiter an Rienhard. Der war spezialisiert für solche Anforderungen. Rienhard war ein Wissenschaftler, der sich speziell mit Wetterdaten und deren Entstehung auseinandersetzte. Ansonsten kümmerte er sich um Architektur in Großstädten. Allister, ein Schotte, war auch ein Wissenschaftler, der kümmerte sich um Raum und Zeit in der Weltraumfahrt. Rienhard und Allister kannten sich schon seit ihrem Studium in Berlin. Auch Conradt kannten sie von dort. Er war gebürtig ein Berliner. Rienhard, der Schwabe unter den Dreien, wartete schon lange auf so einen Auftrag. Er wollte schon immer mal in das Jahr Christi Geburt, um Jesu in seiner Kindheit zu erleben. Der Raumzeitgleiter wurde klargemacht und Allister holte Rienhard an der Halle HY4 vom Flughafen ab. Die Reise konnte beginnen.

Als Erstes wurde der Weltraumbahnhof zur Einordnung der Zeitschiene angeflogen. Der Bahnhof besteht seit dem letzten Projekt, in dem die Leute von der Luft- und Raumfahrt die Zeitschienen eingerichtet hatten. Zeitschiene sind einfach gesagt Zeitstrahlen der Vergangenheit.

Der Bahnhof befand sich in einer Höhe von tausend Kilometern. Von hier aus konnten mittels der Zeitschienen alle gewünschten Jahre angeflogen werden. Als Basis diente die Station +750 zur Reise in die Vergangenheit. Sie stand auf der Erde. Die Station war am alten Flughafen Böblingen angesiedelt.

Allister konnte nach dem Andocken an dem gewünschten Zeitstrahl wieder zurück zur Erde gleiten. Dort machte er in +750 halt. Die Basis war mit ein paar Gebäuden ausgestattet. Hier lebten Wissenschaftler, die das Wetter beobachteten. Auch ein Satellit schwirrte in einer Umlaufbahn und beobachtete die Erde. Vulkanausbrüche wurden damit festgehalten. Allister brachte zunächst denen ihre Anforderungen mit. Das waren Proviant und andere Dinge, die eben benötigt wurden. Allister hob wieder ab zum Weltraumbahnhof. Der Weltraumbahnhof war ein riesiger Komplex aus Stahl und Glas. Er war der Ausgangspunkt für alle Reisen in die Vergangenheit. Allister wechselte dort den Zeitstrahl in das Jahr plus zwei. Das Jahr zwei nach Christi Geburt hatten sie noch vorher errechnet. Jesus musste da so ungefähr fünf Jahre alt sein. Der Raumzeitgleiter hielt eben in diesem Jahr. Es war das Flugfeld von Böblingen. Sie untersuchten die Umgebung.

Am nächsten Tag ging die Reise dann weiter. Rienhard wollte nach Nazareth. Dort lebte Jesus in seinen Kinderjahren. Vor allem der gregorianische Kalender hatte so seine Tücken. Folgt man der Angabe im Matthäus-Evangelium, muss die Geburt Jesu zu Lebzeiten des Königs Herodes' des Großen, also allerspätestens im Frühjahr 4 v. Chr. datiert werden. Folgt man aber der Geschichte des Lukasevangeliums, kann die Geburt Jesu in Bethlehem aller frühestens auf 6 n. Chr. datiert werden. Da steht: ‚Es begab sich aber zu der Zeit, dass ein Gebot von dem Kaiser Augustus ausging, dass alle Welt geschätzt würde. Und diese Schätzung war die allererste und geschah zurzeit, da Quirinius Statthalter in Syrien war. Und das war eben 6 nach Christus. Also wo sollte man es als Erstes versuchen. Wie heißt es doch so schön: Probieren geht über Studieren. Ja, die Praxis schlägt die Theorie. Aber in diesem Fall geht es um die Treffsicherheit einer Zeitverschiebung. Und die lässt sich eben nicht so einfach ausprobieren. Also funkte Rienhard den Conradt an, was er empfehlen würde. Conradt antwortete sofort. Er schrieb: Ich würde eher auf das Jahr vier vor Christus tippen, denn als Jesus zu predigen begann, war er dreißig Jahre alt. Und das war unter dem Kaiser Tiberius im Jahr 28 nach seiner Geburt. Rienhard dankte Conradt und sprach mit Allister. Gut, rechnet man die Zeit, als Jesus mit Eltern in Ägypten im Exil lebten, zum Schutz vor dem Kindermord, und Jesus dann mit vier wieder in Nazareth war, käme man auf das Jahr null. Das gibt es aber nicht, folglich wäre es das Jahr eins oder dann zwei nach Christus. Sie entschieden sich für das Jahr zwei nach Christus, denn dann konnte man mit Jesus schon reden und er würde bestimmt schon in eine Schule gehen. Damals gab es ja die Synagogen. Mit dem Navisystem errechnete Allister nun die Flugroute nach Nazareth. An einem Satelliten konnten sie sich nicht orientieren. Den gab es hier nicht. Aber das Navi reichte aus. Es gab die Richtung vor und die stellte Allister jetzt ein. Sie flogen in der Nacht, so konnten sie nicht beobachtet werden. Die Fluggeschwindigkeit musste unter Mach eins bleiben. Die Strecke belief sich auf etwa 2800 km Luftlinie. Also gut drei Stunden, dann waren sie dort. Im Jahr zwei nach Christi Geburt. Der Raumzeitgleiter hatte noch eine ganz spezielle Eigenschaft. Er konnte sich quasi unsichtbar machen. Die Außenhaut wurde bei dem Vorgang leicht mit Schuppen überzogen. Die Schuppen waren sehr hell und aus Kalzitkristallen. Wenn da Licht drauf fällt, verschwindet das Objekt. Punktgenau landete Allister auf dem Hausberg von Nazareth, dem Tabor. Der Gleiter kam in einer Felsnische zum Stehen. Der Tag fing schon an und so erkundeten Rienhard und Allister die Gegend. Dazu hatten sie ihre Skyboards dabei und konnten sich damit schnell fortbewegen. Das Skateboard hatte einen Warp Antrieb und Luftdüsen zum Erzeugen von Luftpolstern zwischen Brett und

Boden. Ein universeller Antrieb, der überall eingesetzt werden konnte. Als Erstes aber kamen sie ihrem Auftrag nach, Wetterdaten einzusammeln. Also alle Instrumente raus und verteilen, sodass sie keiner sehen konnte. Dann konnte es losgehen.

Die Begegnung

Nazareth war sehr überschaubar. Überhaupt, die Gegend um Nazareth war dünn besiedelt. Es gab kaum Ackerbau oder Viehzucht. Es fehlte das Wasser. Es gab den See Genezareth, der lag unterhalb von Nazareth. Dort lebten Menschen. Die wichtigste Ansiedlung dort war Tiberia. Wasser gab es schon in Nazareth. Es floss ein wenig unterhalb von Nazareth durch. Keines der Flüsslein entsprang bei dem Dorf oder gar vom Tabor. Rienhard und Allister kamen vor den Ortseingang von Osten her und hier versteckten sie ihre Boards. Um nicht aufzufallen, haben sie sich leinene Stoff übergezogen bzw. eine Tunika. Eine Tunika ist ein viereckiges Tuch aus Wolle, Baumwolle oder Seide. Auch von Frauen getragen. Aber zum morgendlichen Gebet wurde ein Tallit übergezogen. Ein weisses viereckiges Tuch. Es sollte den Menschen verhüllen, damit er in seinem Gebet mit Gott allein ist. Der liebe Gott aber hat ihn schon nackt gesehen. Kinder durften das erst ab 13 tragen. Darunter trugen sie die Jeans und ein Hemd, aber das konnte man nicht sehen. An den Füssen dann feste Sandalen. Für das Board. Das wurde mit den Füßen und dem Körper gesteuert. Unter der Tunika hatten sie ihre Waffen versteckt, denn man wusste ja nie, wer oder was einem begegnen würde. Es waren Laserpistolen. Die waren sehr klein, aber doch sehr effizient. Daneben hatten sie noch ein kleines Laserschwert zur Verteidigung oder auch als Werkzeug dabei.
Rienhard hielt ab jetzt Ausschau nach einem kleinen Jungen, der   vielleicht auf dem Weg spielte. Und was begegnete ihnen als Erstes? Ein Esel. Der stand da am Wegrand und döste in der Sonne. Zu einem Esel gehörte auch ein Besitzer. Sie schauten über das angrenzende Feld. Und tatsächlich, da war jemand. Jetzt der Test, werden sie verstanden? Ihr Übersetzungsgerät konnte Aramäisch und Hebräisch. Dazu bauchte es aber mindestens ein Laut. Sie riefen laut „ Hallo" hinüber zu dem Mann. Der schaute her und rief sholom. Das heißt Friede. Aykan itayk oder, wie geht es dir? Riefen wir zurück. Der Mann schaute auf, winkte und rief nochmals sholom. Also gut, hat er verstanden? Rienhard zeigte in östlicher Richtung und rief nosrath? Der Mann nickte und kam jetzt näher heran. Ischmi Josef yo. Ich heiße Josef. Und schon wurde es schwierig. Für Rienhard und Allister gab es keine Übersetzung. Und vom Aussehen her waren sie auch nicht von hier. Aber kein Problem. Josef zeigte auf Nazareth und sagte: tochu igabi. Eindeutig aramäisch. Das heißt: kommt zu mir. Rienhard antwortete: eh taudi, ja danke. Dann zeigte er auf sich und sagte: Ich bin Rienhard und das ist Allister. Ischmi Rienhard yo u yo Allister. So gingen sie

gemeinsam zusammen mit dem Esel nach Nazareth. Heyko kosid, wo kommt ihr her? War die erste Frage. Das war jetzt spannend. Zu erklären, wo wir herkommen. Ono kissjono me marz. Wir kommen aus einem fernen Land. Josef schien zu verstehen und wir folgten ihm und seinem Esel. Der trug Werkzeug zum Bearbeiten von Ackerland. Hoffentlich haben ihn die beiden nicht gestört und aufgehalten. Dann zeigte er auf sich und sagte: Ich bin Rienhard und das ist Allister, Ischmi Rienhard yo u yo Allister. So gingen sie gemeinsam zusammen mit dem Esel nach Nazareth. Heyko kosid, wo kommt ihr her? War die erste Frage. Das war jetzt spannend. Zu erklären, wo wir herkommen. Ono kissjono me marz, wir kommen aus einem fernen Land. Josef schien zu verstehen und wir folgten ihm und seinem Esel. Der trug Werkzeug zum Bearbeiten von Ackerland. Hoffentlich haben wir ihn nicht gestört und aufgehalten.

Jesus stand vor dem Haus und lief ihnen entgegen, als er ihrer gewahr wurde. Bei der Gruppe angekommen, nahm er gleich die Zügel vom Esel von Josef. Ja, das musste sein Vater sein. Josef deutete auf ihn und sagte: Jesus, mein Sohn, Jeshu abre. Anerkennend nickten Rienhard und Allister. Schon mit einem komischen Gefühl in der Magengegend. Das also ist der kleine Jesus. War nicht so groß, aufgeweckte dunkle Augen funkelten aus seinem runden Gesicht. Rienhard fragte ihn: Wie alt bist du denn? Aramäisch: Micga ischne hit? Jesu zeigte seine linke Hand. Fünf. Hamscho. Und schon hilfst du deinem Vater. Jesus nickte eifrig. Er deutete auf seine Knie. Hingefallen sagte Rienhard. Wieder nickte Jesus. Er verstand ihn. War vielleicht auch nicht zu schwierig zu verstehen. Jesus zeigte in die Landschaft und sagte: da Brunnen, Wasser. Ich holen. Dann, er machte eine Bewegung und zeigte, er war hingefallen. Zeig mal, sagte Rienhard. Er schaute sich die Wunde genau an. War aufgeschürft. Wasser, maye, sagte Rienhard und deutete auf das Haus. Jesus nickte. Er führte den Esel hinter das Haus und kam zurück. Er nahm Rienhard an die Hand und zog ihn mit in das Haus. Es war ein großer Raum. Im hinteren Teil die Küche. War das Maria. Ein Kind auf dem Arm. Mit der anderen Hand rührte sie mit einem Holzlöffel in einem Topf, der auf dem Feuer stand. Vor dem Tisch noch ein paar krabbelnde Kinder, die schrien. Es war dunkel in dem Raum. Josef zeigte auf die Stühle zum Sitzen. Jesus holte Teller und Besteck. Er war von allen Kindern der Älteste. Rienhard hielt in fest. Mayo, Wasser, sagte er. Jesus holte in einem Gefäß Wasser. Mkafar, wischen deutete Rienhard auf die Wunde. Jesus brachte ein Leinen. Rienhard befeuchtete es und säuberte die Wunde am Knie. Shumto kafar, Wunde reinigen, sagte Rienhard. Er zog eine Wundsalbe aus seiner Hausapotheke. Die hatte er immer dabei. Er strich sie Jesu auf das Knie. Alle schauten zu. Große Augen, offene Münder, der kleinste nuckelte an der Brust der Mutter. Allister nickte anerkennend. In, ja, wichtig, Mekhlo u mashtyo. Essen und trinken. Yarib, dann groß und stark werden. Maria schöpfte Essen ein. Es war wohl Gemüse. Und Brotfladen und Wasser. Es schmeckte. Jesus sagte immer wieder etwas zu Josef, der nickte. Rienhard sagte zu Jesus: „Morgen kommen wir wieder." Jesus antwortete: „ich begleite euch." Josef nickte. Verblüfft schauten sich Rienhard und Allister an. Wir kommen morgen wieder, du wirst hier gebraucht, sagte Rienhard bestimmt. Jesus nickte. Morgen Wasser, sagte er dann. Jetzt nickte Rienhard. Sie hatten genug an Bord. Sie konnten eine ganze Palette hertransportieren. Aber hoffentlich vertragen sie das auch, denn das Wasser ist anders als das hiesige. Jesus begleitete sie ein Stück weit und verabschiedete sich dann. Rienhard und Allister holten ihre Bretter und düsten zum Gleiter. Der stand noch als blinder Fleck vor der Felsformation, an dem Allister in geparkt hatte. Allister öffnete den Eingang, während Rienhard einmal rundum kontrollierte. Nichts Auffälliges. Allister und Rienhard besprachen sich noch ein Weilchen. Zum Beispiel: Wurde so die Sprache der Menschen entwickelt? Ein Wort für dieses, ein anderes Wort für jenes. So muss es bei Adam und Eva gegangen sein. Und Gott hat ihnen dann den restlichen Schliff gegeben. Er hat die einzelnen Worte dann miteinander verbunden. Mit Bindeworten. Das ergab dann die aramäische Ursprache. Wurde nach der Vertreibung aus dem Paradies gesprochen. Die Wetterergebnisse des Tages zeichneten sie noch auf. Dann schliefen sie ein.

Am anderen Tag packten sie ein paar Sachen zusammen und verstauten es in geeignete Gefäße. Das Wasser, verschiedene Büchsen mit Essbarem, Smartphones. Alles wurde auf die Boards verteilt, schon ging es los. Vorsichtig glitten sie auf den Boards zum Haus von Josef. Jesus stand vor dem Haus und winkte ihnen zu. Er rief in das Haus und dann kamen alle raus. Josef, Maria, Jakobus, Joses, Judas und Simon. Und noch zwei, Johannes und Jakobus, die Cousins von Jesu. Alle scharten sich um die zwei, doch Fremden. Die Bretter lagen auf dem Boden und wurden nicht wahrgenommen, aber das, was darauf stand, erweckte großes Interesse. Die Wasserflaschen, die Konserven, die Chips. Alles verschwand im Haus. Aber Jesus sprach Deutsch. Einzelne Worte. Aber klar und deutlich. Allister öffnete eine Flasche Wasser und trank, gab sie dann Rienhard, der gab sie Josef und Josef gab sie Jesus. Der strahlte und sagte gut, gut, sehr gut. Rienhard schaute nach seinem Knie, es war geheilt. Keine Kruste, keine Wunde, nichts mehr. Ja, das war die Salbe. Jesus nickte anerkennend. Gut. Dann gingen sie in das Haus. Maria rief, sie wollte essen machen, konnte aber nicht. Die Dosen waren fest verschlossen. Allister wusste Rat. Er hatte einen einfachen Dosenöffner dabei. Es waren zehn Dosen mit grünem Bohneneintopf, aber elf Leute. Vor allem Kinder. Alle Augen richteten sich nun auf Allister, wie er die Dosen öffnete. Eine nach der anderen. Rienhard füllte damit den Kessel über der Feuerstelle. Maria hatte ihn ausgewaschen. Als Allister fertig war, goss Rienhard noch zwei Dosen Wasser darüber. Und dann köcheln lassen und immer wieder umrühren, bis der Eintopf gut warm war. Zwischendurch nochmal abschmecken, das war die Aufgabe der Maria. Jesus holte die Teller und das Besteck und stellte alles auf den Tisch. Maria verteilte das Essen, jeder bekam was ab. Die Erwachsenen durften sitzen, die ganz kleinen auch und die größeren

20

Kinder mussten stehen. Rienhard sah Jesus an und deutete auf seinen eigenen Bauch. Er machte kreisende Bewegungen. Jesus zuckte mit der Schulter. Mal sehen, sagte er. Rienhard lächelte. Nach dem Essen noch einen Nachtisch Obst aus der Gegend und Pudding aus anderer Gegend. Der Pudding war sehr begehrt, reichte aber für alle. Vor dem Haus stand eine einfache Bank. Rienhard und Jesus setzten sich darauf. Es begann ein kurioses Gespräch. Jesus hatte Fragen, Rienhard auch. Also, eine Frage, eine Antwort. So ging das nun hin und her. Die Zeit spielte dabei keine Rolle.

Rienhard: Jesus, in welcher Zeit bist du geboren?

Jesus: Am 24 Tag im Monat Tweet (Dezember). Da waren wir in Betlehem. Vor fünf Jahren.

Jesus: Woher bist du?

Rienhard: Er zeigte Jesus den Navigator auf seinem Handy. Er vergrößerte den Punkt und deutete darauf Europa. Aber wir kommen aus einer anderen Zeit. Wir sind aus dem Jahr 2023.

Rienhard: Jesus, wir haben jetzt nach unserem Kalender Januar. Das ist bei euch der Nisan. Erster Monat im Jahr. Der 24. Tag.

Jesus: Ja, das stimmt. Gut aufgepasst in deiner Schule. Hast du auch noch andere Sprachen gelernt?

Rienhard: Nein, wir haben so ein Gerät, das kann übersetzen. Es hört dich sprechen und übersetzt in meine Sprache, in Deutsch.

Jesus: Toll, braucht man keine Schule mehr dafür.

Rienhard: Doch schon noch. Lesen, schreiben, rechnen usw. Er hielt Jesus den Apparat hin und der verstand. Diesen Apparat Habt ihr nicht. Dann müsst ihr lernen.

Jesus. Lass mir den da, dann lern ich schneller. Und die anderen Sachen auch. Unsere Schule ist in der Synagoge und ich gehe Ab dem Frühjahr dorthin. Bis dahin will ich schon lesen, schreiben und rechnen können.

Rienhard lachte. Komm mit, ich bringe dir ein wenig das Fliegen bei. Jesus und Rienhard standen auf und Rienhard stellte sich auf das Board. Jesus schaute ihn fragend an. Du kannst darauf stehen. Stell dich hinter mich und halte dich an mir fest. Das Board begann sich zu liften, Jesus begann zu schwanken und sprang ab. Nochmal sagte Rienhard. Halte dich fest. Es funktionierte. Langsam schob sich das Board in Richtung Tabor. Dann immer schneller. Allister hatte sie beobachtet und wusste, die kommen wieder. Rienhard hielt vor dem Raumzeitgleiter und stieg vom Board. Das glitt zu seiner Ladestation. Rienhard öffnete die Tür und jetzt erst konnte Jesus das Fahrzeug in Gänze sehen. Komm, sagte Rienhard, komm ruhig herein. Dann zeigte er Jesus alles und erklärte die Technik mit einfachen Worten. Jesus schien zu verstehen. Rienhard merkte es an seinen Fragestellungen. Rienhard gab ihm eine Wasserflasche und sie setzten sich hin.

Jesus: Dann weißt du auch, was mit mir passieren wird.

Rienhard: Ja, ich weiß das eine oder andere.

Jesus: Sag es mir.

Rienhard: Nein, ich würde deinem Vater im Himmel vorgreifen. Das mach ich lieber nicht.

Rienhard holte wieder das Board hervor. Er schaute Jesus an und sagte: Nein, das ist zu groß für dich, du brauchst ein kleineres. Bringe ich mit, wenn wir wieder kommen. Schade, sagte Jesus. Könnte ich gut gebrauchen. Stell dich mal drauf, sagte Rienhard. Und nun zeigte er Jesu, wie das Board funktionierte. Jesus beherrschte es bald. Und er wusste auch schon, wann es gefährlich wurde. Ja, man sollte Kindern nicht alles verbieten wollen, was gefährlich erscheint. Man muss ihnen die Chance der Selbsterfahrung geben. Dann wachsen sie auch mit allen Dingen ganz entspannt auf. So auch bei Jesus. Das Board war größer als er selbst und es war schwer. Das war dann eher der Grund für Rienhards Einwand. Das Boardfahren ist wie Geige spielen. Mit dem Wachstum braucht der Mensch eine immer Größere und so auch ein immer größeres Board. Jesus sah das ein und dann schloss Rienhard den Gleiter und er wurde wieder unsichtbar. Sie starteten wieder zurück zur Familie. Josef wartete schon vor dem Haus auf sie. Jesus sprang vom Board und lief auf ihn zu. Kannst du mir auch so eines bauen, rief er ihm zu. Josef lachte. Natürlich. Ich bau dir so eines. Rienhard und Josef besprachen dann die Details. Es begann das Wochenende und damit war auch die jüdische Woche beendet. Der Sabbat begann. Alle Arbeit musste eingestellt werden, alle. Auch die von Allister und Rienhard. Und die waren jetzt Gäste im Hause Josef. Und damit hatten sie alles Gastrecht der Familie. Um sechs Uhr versammelten sich alle im Haus und Josef sprach das Gebet. Dann gab es Brot und Wein für alle. Auch für die Kinder. Und danach setzte man sich an den Tisch und die Hausmutter trug das Essen auf. Es gab Lamm und Gemüse. Für jeden ein wenig, aber genug zum Sattwerden.

Josef, Rienhard, Allister und Jesus setzten sich draußen auf die Bank. Josef begann aus seinem Leben zu erzählen. Vor zehn Jahren kam er von Jerusalem hier her nach Nazareth. Er wurde von den führenden Pharisäern nach Nazareth entsandt. Er sollte für den Aufbau Nazareths sorgen. Jerusalem war schon so voll, dass die Ersten wieder woanders hinzogen. Erst nach Betlehem, dann aber noch weiter in den Umkreis. Auch war es in Jerusalem und Betlehem schon viel zu teuer. Das kennen wir, sagte Rienhard. Seitdem sind wir hier. Mit einer Unterbrechung. Das war nach seiner Geburt. Er deutete auf Jesus. Der damalige König der Herodes ließ alle Kinder bis zum Alter von zwei Jahren umbringen. Keiner weiß, warum. So sind wir nach Ägypten gezogen. Dort hatten wir Schutz vor den Schergen des Herodes. Letztes Jahr sind wir dann zurückgekommen. Alles noch in bester Ordnung. Als währen wir nie weggewesen. Seither kommen immer mehr Menschen nach Nazareth und erwerben Grund und Boden und wollen ihr Haus hier bauen. Nach Jerusalem sind es nur zwei Tagesreisen. Angebaut werden hier Öl, Wein und Gemüse sowie etwas Getreide. Am

Samstag war den ganzen Tag über Ruhe. Bis zum Abend. Dann wurde es geschäftig. Die Tiere wurden versorgt, der Müll entsorgt, die Toilette gesäubert. Die Küche gereinigt. Und überall half Jesus. Rienhard und Allister mussten zurück zum Gleiter wegen den Wetterdaten. Die mussten noch aufgezeichnet werden. Es hat nicht mal geregnet, seit sie hier waren. Im Gleiter war eine Dusche, die nutzten sie jetzt. Am anderen Tag ging es nochmals zurück zu Jesus, bevor sie dann wieder abreisen wollten. Josef war ein sehr fürsorgender Vater, der immer alle im Blick hatte. Natürlich, dass mit Maria, aber es gab auch dafür eine Lösung. Sie konnte keine Kinder mehr bekommen. Die jetzt da waren, nach Jesus, waren alle adoptiert. Von den Verwandten übernommen, von Bekannten angenommen. So wuchs die Familie und Jesus war der Maria eine Stütze im Haus. Josef war normalerweise immer unterwegs auf irgendwelchen Baustellen. Und Maria sorgte für den Haushalt. Und Jesus, das Bindeglied zwischen Josef und Maria.

Am Sonntag schauten sie nach dem Board, ob sie es einkürzen konnten, sodass Jesus damit fahren konnte. Es war ja aus Holz und Werkzeug zur Bearbeitung hatte es ja. Ja, es ging. Jesus drehte seine ersten Runden damit. Er beherrschte es sofort. Jesus war etwa 110 cm groß. Das Board war ein wenig größer. So 120 cm. Jesus konnte es gut tragen und damit auch sehr gut lenken. Das musste mit dem Körper geschehen. Also Gas geben, dann links, dann rechts, dann bremsen und dann plötzliche Veränderungen umsetzen. Das musste Jesus alles üben und mit seinem kleinen Körper beherrschen. Das Board konnte sehr schnell werden. Und das war das Gefährliche. So mit 100 km/h in der Gegend rumdüsen könnte schon zu sehr großen Überraschungen führen. Mit seinem elektromagnetischen Warp-Antrieb ging es auch noch schneller. Aber Rienhard hat eine Bremse eingebaut. Der Warp regelte die Power auf 100 km/h ab. Das war sicherer. Und sehen durfte das auch niemand. Es wird das Verständnis fehlen. Rienhard hatte eine Hülle dafür. Damit konnte Jesus das Board dann transportieren. Auf seinem Rücken. Also bekam Jesus sein Skyboard. Mit der Auflage zu üben und erst bei völligem Beherrschen des Boards durfte er damit fahren. Ein Helm bekam er auch noch.

Der Ausflug

Sie glitten hinauf zum Raumzeitgleiter auf den Tabor und holten das dritte Brett für Allister. Dann fuhren sie zusammen hinunter an den See Genezareth. Das waren so ca. 30 km. Gut geeignet zum Üben für Jesus. Es ging immer leicht bergab, also immer leicht bremsen. Kurz vor dem Ufer ging es noch mal steil nach unten bis eben vor den See und dann waren sie am See. Der See lag ruhig da und strahlte in der Sonne ganz in Türkis. Sie glitten bis zum Jordanausfluss. Oberhalb davon lagen die Weinberge. Rienhard hielt an. Sie genossen die Aussicht. Jesus strahlte, wie ein Junge nur strahlen kann. Kein Mensch war ihnen begegnet und auch hier war niemand. Rienhard glitt ein Stück auf den See hinaus, Jesus sofort hinterher. Ja, das Board funktionierte auch über dem Wasser. Ein Stück den Jordan hinunter und dann ging es wieder Richtung Nazareth. Etwas oberhalb der Weinberge machten sie noch einmal eine Pause. Rienhard sprach mit Jesus nochmals über das Board. Dabei genossen sie die Aussicht auf den See. Etwas versetzt sahen sie Schafe weiden. Allister hatte in seinem Gürtel Wasserflaschen. Die verteilte er jetzt. Rienhard machte ein paar Fotos mit seinem Handy.

Er zeigte die Bilder. Obschon das für Jesus alles neu war, nahm er es recht gelassen hin. Kaum Aufregung, immer eine passende Frage. Vielleicht ist es auch sein Alter. Kinder nehmen alles auf und lassen alles an sich abprallen. Erst später fangen auch sie an, wie die Eltern es vormachen, zu selektieren und zu sortieren und zu bewerten und zu urteilen. Da entsteht dann das Schubladendenken. Ob das bei Jesus auch so sein wird, wird sich noch zeigen. Dann glitten sie wieder nach Nazareth, heim. Vorbei am Hausberg, dem Tabor.

Es war schon Abend, die Sonne war im Begriff unterzugehen. Sie blieben noch eine Nacht, bevor es dann wieder zurück in die Zukunft ging. Rienhard gab Jesus noch ein Smartphone mit Übersetzungsfunktion als auch Lese-und Grundrechenfunktion. Er zeigte ihm auch, wie das technisch funktioniert. Die Batterien halten etwa zwei Jahre, je nach Intensität des Gebrauchs. Dann wollte Rienhard wieder vorbeischauen. Das Board durfte er behalten, aber mit Umsicht. Na klar, das war eine offene Tür bei Jesus. Dann noch das Essen aus der Dose. Alle haben es vertragen. Das Wasser sowieso. Also verabschiedeten sie sich und die Heimreise konnte beginnen. Jesus begleitet die beiden noch bis zum Raumzeitgleiter. Jesus wollte nochmals einen Blick hineinwerfen, vielleicht eine Runde mitgleiten. Die Wetterdaten noch schnell einlesen und Allister startete den Gleiter. Man hörte nur ein leises Surren. Jesus stand am Fenster und blickte hinaus. Ganz langsam hob der Gleiter ab. Drehte eine Runde um den Berg und landete wieder. Wieder strahlt Jesus. Er stieg aus und winkte nochmals hinterher und gleitete mit seinen Boards nach Hause.

Die Heimreise

Allister und Rienhard wurden schon am Heimatflughafen erwartet. Es gab viel zu berichten. Die Wetterdaten wurden an den DWD übermittelt. Die bedankten sich für die Superqualität und überwiesen die Rechnung sofort. Damit schien die Geschichte abgeschlossen zu sein.

Nein, nicht ganz. Die Bordkameras haben bei ihrer Abwesenheit Personen am Gleiter festgehalten. Es waren drei. Einer davon muss gegen den Gleiter gelaufen sein. Man sah, wie er plötzlich seinen Kopf zurückwarf und er zu Boden ging. Seine Begleiter halfen ihm wieder auf und sahen ungläubig auf die Stelle. Dann aber nochmal. Zweiter Versuch. Es blieb dabei. Irgendetwas war da im Weg. Vorsichtig ging der Mann auf die Stelle zu und bumm. War diesmal nicht so intensiv, aber es reichte, um zu erschrecken. Schnell liefen die drei dann weg von dieser Stelle. Es kam auch niemand mehr, zumindest laut Kamera nicht. Blieb zu hoffen, dass sonst niemand sie bemerkt oder gesehen hat. Man kann ja nie wissen. Rienhard bekam trotzdem noch eine auf den Deckel, denn er war in ungesicherter Zeitzone unterwegs. Laut Statuten nicht erlaubt.

Zwei Jahre später

Eine neue Anfrage vom DWD an Conradt leitete er weiter an Allister. Gut, wie sichern wir das? War die Rückfrage. Mit einem Satelliten. Also einen ordern für Jahr 1 n. Chr. Als Rienhard das hörte, freute er sich. Allister programmierte den Satelliten, so das er erreichbar war und er auch mit dem Bahnhof kommunizieren konnte. So bekam der DWD seine Daten täglich frisch übermittelt. Und er konnte die Flugroute des Gleiters über- wachen. Also, Anfang Februar stiegen sie ein und glitten nach +750. Dort die Freunde besuchen und ihre Bestellungen mitgebracht. Dann ging es weiter. In Richtung +1. Bei +8 stoppten sie. Hier konnten sie den Satelliten aussetzen. Der war dann auch zehn Jahre später verfügbar. Nach einigen Tests lief alles normal und sie konnten mit dem Satellitennavi nach Naza- reth gleiten. Am Tabor angekommen setzten sie die Messgeräte für das Wetter aus, dann glitten sie mit den Boards zum Haus von Jesus. Rienhard war schon gespannt, was sich alles verändert hatte in den letzten zwei Jahren. Sie nahmen noch Wasser und Konserven mit. Das haben sie ja gut vertragen. Jesus war gar nicht da. Maria nahm sie in Empfang. Sie wurden wie alte Freunde begrüßt. Jesus und die andern zwei seien in der Synagoge. Die kommen gegen Abend zurück. Josef ist bei der Arbeit. Er wurde in Jeru- salem gebraucht. Zum Sabbat sei er wieder da. Josef war schon ein gefrag- ter Zimmermann. Am Abend kamen die drei dann von der Synagoge zurück und freuten sich, den Besuch begrüßen zu können. Vor allem Jesus hatte viel, sich mit Rienhard auszutauschen. Die Batterien, den Warp, das Board, die Handys. Alles war da. Jesus war groß geworden, auch seine Geschwister. Und Zuwachs war auch da. Rienhard zählte schon nicht mehr. Mit Jesus sprach er noch über die Wetterdaten. Er brauchte nur kontrollieren, ob alles funktioniert. Die nächsten drei Jahre sollte das schon gehen. Jesus war tatsächlich acht geworden. Rienhard wollte in zwei Jahren wiederkommen. Dann sieht man weiter. Jesus hat sich persönlich weiterentwickelt. Mit seinen acht Jahren war er schon eine Persönlichkeit mit Charisma. Seine Geschwister achteten ihn und für Maria war er eine große Hilfe. Bei seinen Cousins war er fast täglich. Mit dem Board war es nicht weit. Und die wollten jetzt auch so ein Board. Also insgesamt dann vier neue Bretter. Jesus hat die schon vorbereitet. Er brauchte nur noch den Antrieb. Allister holte die vom Gleiter. Er montierte sie und dann wurden sie getestet. Es funktionierte hervorragend. Allister ließ noch den Dosenöffner da. Die leeren Dosen entsorgen, war auch noch so ein Thema. Lagern konnten sie die in der Synagoge. Die war unterirdisch und eine Kammer kühl. Die Leeren mussten sie dann verbuddeln, bis Rienhard sie holen konnte. Dann machten sie sich wieder auf den Heimweg. Nächstes Mal wollten sie länger bleiben. Aber Conradt wartete schon auf Allister. Sie mussten sich beeilen. Am anderen Tag landeten sie wieder in der Basis. Diesmal war nichts auszusetzen. Alles instand, alles gut.

Wieder zwei Jahre später

Jesus hat sich gemeldet. Zwar war es nur ein Test, aber der hat funktioniert. Die Verbindung über den Sat bis hin zur Basis war intakt. Seine Nachricht war: Wetterdaten in Ordnung, hatten starken Regen und Sturm, brauchen Strom für die Beleuchtung oder neue Lichterketten, sonst alles gut. Er hat es mit dem Übersetzungsprogramm von aramäisch ins Deutsche übersetzt. Conradt schrieb zurück: Vielen Dank für deine Infos. Ich schicke Allister mit den gewünschten Sachen. Der muss eh noch nach +750 zu den Kollegen dort. Also glitt Allister los und versorgte +750 und Jesus mit den gewünschten Notwendigkeiten. Sie vereinbarten so die Verbindung aufrechtzuerhalten.

Jesus schrieb dann auch immer, wie es ihm ging bzw. an welchem Projekt er gerade dran war. Und das waren nicht wenige. Seine Familie verlangte ihm schon alles ab. Wenn es Probleme gab, hieß es immer: Jesus und Maria, was tun? Oder auch Maria und Jesus, was tun? Das hat sich bis heute gehalten und wird ausgerufen bei Bestürzung oder als Stoßseufzer. Josef wurde jetzt immer häufiger nach Jerusalem gerufen. Seine Arbeit wurde sehr geschätzt und der Bauboom in Jerusalem fand kein Ende. So pendelte er oft zwischen Nazareth und Jerusalem hin und her. Übernachten konnte er in Betlehem bei Verwandten. Am Sabbat war er dann meistens zu Hause in Nazareth. Jesus hatte auch noch Brüder. Die halfen ihm bei der Arbeit. Das konnte er dann mit der Zeit von zu Hause aus steuern. Er musste aber auch immer wieder vor Ort präsent sein. Das war so von Nöten. Mit der Zeit ging auch Jesus immer wieder mit. Er konnte dort in die Synagogen zum Lernen gehen. Hier wurde mehr geboten als in Nazareth und Jesus war wissenshungrig. So konnte er sich seinen Wissensschatz ständig erweitern, ständig Neues dazulernen. Er beobachtete die Menschen auch scharf. Wenn er in Jerusalem war, übernahm einer seiner Brüder die Aufgaben zu Hause der Mutter zur Seite zu gehen. Und seine Cousins waren auch mit in Jerusalem. Dank der Boards war das kein Problem. Sie konnten abends immer zurück sein. Jesus auch.

Die Feier der Religionsmündigkeit

Dann kam die Zeit der Vorbereitung seiner Mündigkeit zum Glauben. Die wird gebührend gefeiert. Jesus war mittlerweile schon zwölf Jahre alt, aber für sein Alter schon sehr klug. Das wurde in den Synagogen wohlwollend vermerkt und so zog man diese Anerkennung bei Jesus um ein Jahr vor. Rienhard und Allister wurden eingeladen und kamen auch. Die Feier wahr verbunden mit dm jährlichen Passafest. Josef und Maria zogen mit der Familie dazu nach Jerusalem. Das Fest erinnerte an die Befreiung der Israeliten aus Ägypten. Seither wurde es gefeiert. Sie nutzten es auch zum großen Familientreff in Betlehem. Die Eltern von beiden lebten hier und ihre Geschwister kamen auch aus ihren Heimatorten. Also große Familientreffen. Rienhard und Allister kamen mit ihren Boards, Jesus mit seinem auch und Jakobus und Johannes auch. Die Boards ließen sie vor Jerusalem versteckt stehen. Dann gingen sie in die Stadt. Es war ein großes Treiben darin.

Die Menge der Menschen schob sich durch die engen Gassen. Man musste schon aufpassen, dass nichts gestohlen wurde. Diebe waren hier unterwegs. In Form von Kindern. Jesus und seine Cousins gingen in ihre Lieblingssynagoge. Die Lehrer kannten sie schon. Einer hieß Nikodemus. Mit dem sprachen sie jetzt über die Schriftrollen und wie diese zu verstehen seien. Jesus hatte schon eine ganz eigene Meinung dazu. Ihm wurden die Aussagen zu eng gefasst. Die Menschen konnten sich nicht mehr bewegen, ohne dass sie nicht einen Fehler machten. Das kostete ihnen dann immer viel Geld. Das hatten sie meistens nicht. Damit fing das Problem erst richtig an. Niemand konnte sich richtig frei fühlen. Irgendetwas war immer nicht richtig. Das sah Jesus und es widerstrebte ihm im Innersten. Mit Nikodemus konnte man darüber reden. Der pflichtete Jesus und seinen Cousins bei. Aber so war das zu jener Zeit nun mal. Die Gesetze und Gebote mussten eingehalten werden. Die Mosaischen als auch die der Pharisäer, dem Klerus der Zeit. Rienhard und Allister hielten sich auch in dem Gebäude auf, hielten sich aber zurück. Jesus hatte ja alles im Griff und die beiden wussten ja, wie das zu Ende ging. Am Abend schauten sie nach was Essbarem für alle. Das gab es draußen in den vielen Basaren. Danach suchten sie sich noch einen Platz zum Schlafen. Den fanden sie auch in der Synagoge. So verbrachten sie auch einen Teil des zweiten Tages in der Synagoge. Mittlerweile kamen immer mehr Gelehrte dazu. Jeder hatte eine Frage, eine Meinung. Jesus beantwortete sie alle. Er war eine Sensation in Jerusalem. Rienhard und Allister besorgten immer wieder Getränke. Die Debatten wurden hitziger. Rienhard ging dann mal dazwischen und forderte eine Pause. Er fasste Jesus an die Schulter und schob ihn raus an die frische Luft. Jesus, mach langsam, sonst lynchen die dich noch. Die sind doch völlig auf ihre Ansichten fokussiert. Ach wo, kein Problem, die sind immer so hitzig, antwortete er. Die anderen kamen dann auch und sie gingen rüber zum Tempel. Dort ging es auch hektisch zu. Bis zum Abend und dann übernachteten sie dort.

Am dritten Tag, es war der Sabbat, wachte Maria früh am Morgen auf. Ihr fehlte Jesus. Sie frug Josef, aber der wusste auch nicht, wo er denn ist. Maria wurde es mulmig. Jesus war erst zwölf. Sie suchten auch die Cousins von Jesus und Rienhard und Allister. Alle waren nicht da. Gut, die waren wohl zusammen und damit in Obhut. Trotzdem. Maria wollte sich aufmachen und sie suchen. Am Sabbat konnten sie hinauf nach Jerusalem in den Tempel gehen. Dort war dann Gottesdienst. Und so machten sie es. Alle kamen mit, alle suchten Jesus und seine Freunde. Betlehem und Jerusalem waren so ca. zehn km auseinander. Zu Fuß brachte man zwei Stunden bergauf. Sie kamen gegen Mittag dort an und schoben sich durch die Menschenmassen. Bis zum Tempel. Jeder schaute aus nach Jesus. Dann im Tempel. Maria sah ihn als Erstes. Jesus sprach mit irgendwelchen Gelehrten. Jakobus und Johannes standen neben ihm. Rienhard und Allister in Entfernung beobachteten das Ganze. Maria rief ihn. Aber Jesus reagierte nicht. Erst als Rienhard zu ihm hinging und ihn darauf aufmerksam machte, sah er sie und lachte. Er winkte ihr zu. Dann war noch die mittägliche Andacht und schließlich gingen sie hinaus. Maria sah Jesus in die Augen. Die funkelten nur so. Wir haben dich so vermisst, sagte sie vorwurfsvoll. Jesus lachte und sagte: Du hast mich doch an dem richtigen Ort gefunden. Wo soll ich denn sonst sein? Sie gingen dann nochmals zurück nach Betlehem und verbrachten den Sabbat bis zum anderen Tag bei den Verwandten. Dann ging Jesus mit seinen Freunden schon mal voraus, um nach ihren Boards zu sehen. Die lagen versteckt vor Jerusalem. Maria bedankte sich bei den Besuchern aus der Zukunft und bei ihrer Verwandtschaft und versprach, im nächsten Jahr wiederzukommen. Während Jesus und seine Freunde schon unterwegs waren, machten sich Josef, Maria und Kinder auf den Weg nach Nazareth. Eine Reise von zwei Tagen. Musste aber sein, denn Rienhard durfte sie nicht mit dem Zeitgleiter transportieren. Mit ihren Boards waren sie dann in zwei Stunden in Nazareth. Allister startete den Gleiter und holte die Familie von unterwegs ab. Die hatten so gar nichts dagegen und waren dann froh, als sie auf dem Tabor fast zu Hause aussteigen konnten. Rienhard drückte beide Augen zu. Josef würde sie nicht verpetzen. Am Abend waren dann alle zu Hause. Da begann es dann auch zu regnen.

Reiner Maria Rilke – Seine Geschichte

Als er das erste Mal seine Heimatstadt Prag verließ, war er gerade mal elf Jahre alt. Damals fuhr man schon mit der Eisenbahn. Ging deutlich schneller. Reiner Maria Rilke hatte zeit seines Lebens eine kontroverse Auseinandersetzung mit dem Christentum und Gott gesucht. Die Rolle Jesus als Mittler zwischen Gott und den Menschen bleibt ihm fremd. Und dabei gab es etliche Parallelen zu beiden. Rilke wurde im Dezember geboren, Jesus auch. Jesus verließ seinen Heimatort Nazareth in kindlichem Alter, Rilke mit Prag auch. Rilke entwickelte sich zum Dichter, Jesus wurde Wanderprediger. Beides waren sehr wichtige Berufe. Und beide starben sehr früh. Zu früh. Und Reiner Maria Rilke hielt nichts von der Rolle Jesu als der Vermittler zwischen Mensch und Gott.

Insgesamt gab es zwischen Rainer Maria Rilke und Jesus wenige Parallelen. Beide Männer waren gebildet und interessierten sich für Spiritualität, aber ihre Lebenswege und ihre Vorstellungen von Gott waren sehr unterschiedlich. Rilke lehnte die Vorstellung eines vermittelnden Gottes ab und glaubte, dass jeder Mensch direkt zu Gott gelangen könne. Dieser Unterschied zeigt sich auch in Rilkes Werk, in dem er oft die Rolle des Einzelnen in der Welt und die Suche nach Gott thematisiert. Zum Beispiel schreibt er in seinem Gedicht „Der Panther" von einem Gefangenen, der in einem Käfig lebt und sich nach Freiheit sehnt. Diese Sehnsucht nach Freiheit kann auch als Symbol für die Sehnsucht des Menschen nach Gott verstanden werden. Und 1922 schreibt Rilke den fiktiven Brief des jungen Arbeiters: „Wer ist denn dieser Christus, der sich in alles hineinmischt, der doch, so scheint es, immer wieder verlangt, in unserem Leben der erste zu sein. Oder legt man ihm das nur in den Mund?" Und Jesus zeigte: Niemand kommt zum Vater denn durch mich.

Prag gehörte in dieser Zeit zur österreichischen Krone. Und schon da zeigte sich seine dichterische und malerische Ader. Deshalb störte ihn auch die Atmosphäre mit dem Drill an der Militärschule. Nach sechs Jahren verließ er diese krankheitshalber. Er zog nach Linz. Dort ging er zur Handelsakademie. Er lernte das Kindermädchen Olga Blumauer kennen. Seine erste Romanze. Sie war etwas älter als er mit seinen siebzehn Jahren. Mit ihr begann er so etwas wie eine Affäre. Das aber wurde in Linz nicht geduldet. Er floh mit ihr nach Wien. Die Liebelei hatte aber keinen Bestand. Die beiden wurden entdeckt, Blumauer kehrte nach Linz zurück. Rilke blieb vorerst in Wien. Anschließend geht er wieder nach Prag, wo er dank der finanziellen Unterstützung seines Onkels Jaroslaw Rilke eine private Abiturvorbereitung absolvieren kann. Und hier begann er seine ersten Gedichte zu verfassen. In den Jahren 1892 bis 1895. Es erschienen regelmäßig erste Gedichtbände. Rilke kennt die Tücken der Sprache. Worte sind für ihn Geburtshelfer neuer Erkenntnis – und gleichzeitig Erkenntnisschranke. Im Laufe seines Lebens wächst seine Skepsis, die

Wirklichkeit Gottes durch Worte – und seien es poetische Verse – erfassen zu können.

Die Stadt Prag war für ihn ein sich lohnendes Objekt. Sie hatte etwas Mystisches. Er zollte den Schutzgeistern der Familien (den Laren) ein Opfer, das Larenopfer, ein Brei aus Dinkel. Wohl auch, weil seine Familie schon früh zerbrach. Die Eltern ließen sich scheiden. Jetzt war er aber wieder da. Jetzt konnte er schreiben. Dichtungen über Prag. Und es gab viel zu schreiben. Der Band Larenopfer enthält eine Reihe von Gedichten zu dem Thema der Laren. Nach seinem Studium zog es Rilke nach München. Im März 1897 machte er eine Stippvisite in Venedig. Der Stadt widmete er auch ein Gedicht, Venedig.

Zurück in München traf er die weit gereiste Literatin Lou Andreas-Salomé und verliebte sich in sie. Auf deren Rat hin änderte er seinen Vornamen von René in Rainer. Andreas-Salomé hielt den Namen für einen männlichen Schriftsteller angemessener. Die folgende intensive Beziehung mit der älteren und verheirateten Frau gingen drei Jahre. Seine Freundschaft zu ihr hielt nach der Trennung von ihr bis zu seinem Lebensende. Dabei werden ihre psychoanalytischen Kenntnisse und Erfahrungen, die sie sich 1912/1913 bei Sigmund Freud angeeignet hatte, eine erhebliche Rolle gespielt haben. Freud seinerseits berichtet, dass sie dem Großen, im Leben ziemlich hilflosen Dichter, Rainer Maria Rilke zugleich Muse und sorgsame Mutter gewesen war. Mit ihr zog er auch nach Berlin, wo er weiter studierte. Finanzielle Unterstützung erhielt er von seinem wohlhabenden Onkel. Von seinen Gedichten konnte er noch nicht leben. Es fehlte ihm ein Verlag. Trotzdem wuchs die Zahl seiner Gedichte stetig an. Rilke war fleißig. Damals war Leipzig das Zentrum der Buchdrucke. Rilke bemühte sich, dort Verleger zu bekommen. Mit Friesenhahn hat er dann einen gefunden. Um die Druckkosten von dreihundert Reichsmark zu decken, musste Rilke selbst etwas Geld beisteuern.

In Berlin lernte Rilke das Geschwisterpaar Mathilde und Karl Gustav Vollmoeller einem Allrounder kennen, anlässlich einer Lesung Stefan Georges im Hause des Künstlerehepaares Sabine und Reinhold Lepsius. Dann aber, 1898, unternahm Rilke eine mehrwöchige Reise nach Italien. Hier in Florenz freundete er ich mit Heinrich Vogeler an. Als Gast Vogelers kam er zu Besuch nach Worpswede. So konnte Rilke sich seine Reisen leisten. In dieser Zeit schuf Rilke aber auch eine Unmenge von Gedichten. Es sprudelte geradezu aus ihm heraus. In den beiden Jahren darauf besuchte er zweimal Russland. 1899 reiste er mit dem Ehepaar Andreas nach Moskau, wo er auf Lew Tolstoi traf. Von Mai bis August des Jahres 1900 folgte eine zweite Russlandreise mit Lou Andreas-Salomé allein nach Moskau und Sankt Petersburg, aber auch quer durch das Land und die Wolga stromaufwärts. Auf dieser Reise lernten sie durch Zufall Boris Pasternak kennen, der diese Begegnung in der autobiografischen Erzählung „Der Schutzbrief beschreibt". Im Jahr 1900 kam er dann zum Insel Verlag. Sein erstes Büchlein – vom lieben Gott und anderes – wurde hier aufgelegt. Es wurde später sogar sehr populär.

Im Herbst, unmittelbar nachdem Andreas-Salomé den Entschluss gefasst hatte, sich von ihm zu trennen, hielt Rilke sich zu einem längeren Besuch bei Heinrich Vogeler in Worpswede auf. Vogeler veranstaltete im weißen Saal seines Barkenhoffs sonntägliche Treffen, bei denen die bildenden Künstler Otto Modersohn und dessen Ehefrau Paula Modersohn-Becker, der Schriftsteller Carl Hauptmann sowie auch die Bildhauerin Clara Westhoff verkehrten. Und dann ging es schnell. Am 28. April 1901 heirateten Rainer Maria Rilke und Clara Westhoff in Bremen. Am 12. Dezember 1901 wurde ihre Tochter Ruth (1901–1972) geboren. Und im Sommer 1902 gab Rilke die gemeinsame Wohnung auf. Er reiste nach Paris, um dort eine Monografie über den Bildhauer Auguste Rodin zu verfassen. Clara folgte ihm, die Tochter kam zu den Großeltern. Als es dann auseinanderging, kam Clara zurück zu ihrer Tochter. Sie widmete sich vermehrt der Malerei. Die Beziehung zwischen Rilke und Clara Westhoff blieb zeit seines Lebens bestehen, doch war er nicht der Mensch für ein bürgerliches und ortsgebundenes Familienleben. Gleichzeitig drückten ihn finanzielle Sorgen, die durch Auftragsarbeiten nur mühsam gemildert werden konnten. Die erste Pariser Zeit war für Rilke schwierig, die fremde Großstadt barg für ihn viele Schrecken. Diese Erfahrungen hat er später im ersten Teil seines einzigen Romans, die Aufzeichnungen des Malte Laurids Brigge, als Grundlage genutzt. Der Roman erzählt die Geschichte eines jungen Mannes, der sich in Paris aufhält und dort mit der Einsamkeit, der Fremdheit und der Größe der Stadt konfrontiert wird. Zugleich aber brachte die Begegnung mit der Moderne zahlreiche Anregungen. Rilke setzte sich zunächst mit den Plastiken Auguste Rodins auseinander, dann mit dem Werk des Malers Paul Cézanne. Mehr und mehr wurde in diesen Jahren Paris zum Hauptwohnsitz Rilkes. Die Schrecken der Stadt verloren sich. Vorübergehend ließ er sich als Sekretär bei Rodin anstellen. Der war ihm gleichzeitig eine idealisierte Vaterfigur. Das Dienstverhältnis beendete Rodin im Mai 1906 abrupt. Kurz zuvor war Rilkes Vater gestorben. Im selben Jahr lernte Rilke die Sidonie Nádherná von Borutín kennen, mit der er eine erotisch desinteressierte, aber von Eifersucht nicht ungetrübte literarische Freundschaft und einen ausgedehnten Briefwechsel bis zu seinem Tod führte. Nachdem Sidonie Nádherná 1913 in Wien den Schriftsteller Karl Kraus kennengelernt hatte, war es Rilke, der sie vor Kraus warnte. Diese Einmischung in eine komplizierte Liebesbeziehung hat er später bereut.

Den Sommer 1903 verbrachte Rilke in Florenz, den Winter 1903/1904 in Rom, wo er in der Villa Strohl-Fern wohnte und wo er auch die Briefe an einen jungen Dichter verfasste. Der Maler Otto Sohn-Rethel, ein Freund der Maler der Künstlerkolonie Worpswede, hatte ihm sein „Studio Al Ponte" überlassen. Rilkes Frau Clara Westhoff hatte zur selben Zeit in Sichtweite ein eigenes Studio auf dem Gelände. Ab 1906 intensivierte sich der Kontakt Rilkes zu Mathilde und Karl Gustav Vollmoeller. Zunächst nutzte er in Abwesenheit Mathilde Vollmoellers deren Pariser Atelier mehrmals. Gleichzeitig versuchte Rilke anlässlich seiner Italienreise 1907, Karl Gustav Vollmoeller in dessen Villa in Sorrent zu besuchen. Erst über Ostern 1908 kam es zum neuerlichen Treffen zwischen Rilke und Vollmoeller in Florenz. Rilke war hier für mehrere Tage Gast in Vollmoellers Florentiner Domizil, der Renaissancevilla Gilli-Pozzino. Anwesend waren auch der Schriftsteller Felix Salten sowie das Ehepaar Lepsius. In den folgenden Jahren trafen Rilke und Vollmoeller einander mehrmals in Paris. Die wichtigsten dichterischen Erträge der Pariser Zeit waren die neuen Gedichte (1907), der neuen Gedichte anderer teil (1908), die beiden Requiem-Gedichte (1909) sowie der bereits 1904 begonnene und im Januar 1910 vollendete Roman die Aufzeichnungen des Malte Laurids Brigge.

Für den Leipziger Insel Verlag, dessen Leitung Anton Kippenberg 1905 übernommen hatte, wurde Rilke zum wichtigsten zeitgenössischen Autor. Kippenberg erwarb für den Verlag bis 1913 die Rechte an allen bis dahin verfassten Werken Rilkes.

Nachdem er die Aufzeichnungen des Malte Laurids Brigge 1910 in Leipzig vollendet hatte, begann für Rilke eine tiefe, zwölf Jahre während Schaffenskrise. Heute würde man sagen, er hatte einen Bourne out. Er war doch viel unterwegs in den vergangenen Jahren und seine Schaffenskraft war riesig. Jetzt brauchte er mal eine Auszeit. Er beschäftigte sich mit Übersetzungen literarischer Werke aus dem Französischen, u. a. Der Kentaur von Maurice de Guérin. Auf der Suche nach neuer Inspiration setzte er sich mit klassischen Schriftstellern erstmals auch intensiver mit dem Werk Goethes und Shakespeares auseinander. 1912 begann er die Duineser Elegien, die er jedoch erst im Februar 1922 abschließen konnte. Dieser Gedichtzyklus verdankt seinen Namen dem Aufenthalt Rilkes auf dem Schloss Duino der Prinzessin Marie von Thurn und Taxis bei Triest in der Zeit von Oktober 1911 bis Mai 1912.

1912 erschien eine Neuausgabe der lyrischen Erzählung „Die Weise von Liebe und Tod des Cornetto Christoph" als Nummer 1 der Insel-Bücherei, mit der das Werk hohe Auflagen und ungewöhnliche Popularität erlangen sollte, nachdem es zunächst 1906 von Rilkes erstem Verleger Axel Juncker, recht erfolglos als Liebhaberausgabe herausgebracht worden war.

Der Ausbruch des Ersten Weltkrieges überraschte Rilke während eines Deutschlandaufenthaltes. Nach Paris konnte er nicht mehr zurückkehren; sein dort zurückgelassener Besitz wurde beschlagnahmt und versteigert. Den größten Teil der Kriegszeit verbrachte Rilke in München. Er wohnte in der Ainmillerstraße 34 im Stadtteil Schwabing. Von 1914 bis 1916 hatte er eine stürmische Affäre mit der Malerin Lou Albert-Lasard. Die Freundschaft zwischen Rilke und Karl Gustav Vollmoeller intensivierte sich während des Ersten Weltkriegs, als beide einander auch in Gegenwart von Lou Albert-Lasard sowohl in Berlin wie in München trafen. Rilke nutzte Vollmoellers Beziehungen zum deutschen Generalstab, um ihn bei der Fahndung nach einem vermissten Vetter einzusetzen. Wie der unveröffentlichte Briefwechsel (Deutsches Literaturarchiv, Marbach) ausweist, war Vollmoeller erfolgreich und konnte Rilke und dessen Familie mit den gewünschten Informationen versorgen. Rilketurm auf Gut Böckel. Anfang 1916 wurde Rilke eingezogen und musste in Wien eine militärische Grundausbildung absolvieren, wo er in der Breitenseer Kaserne im Westen der Stadt stationiert war. Auf Fürsprache einflussreicher Freunde wurde er zur Arbeit ins Kriegsarchiv und ins k. u. k. Kriegspressequartier überstellt und am 9. Juni 1916 aus dem Militärdienst entlassen. Während seines Aufenthaltes in Wien wohnte er in der Viktorgasse 5 und in der Gusshausstraße 9, beides Adressen im 4. Bezirk unweit von Stadtzentrum und Schloss Belvedere. Die Zeit danach, in der er auch – zum Teil gemeinsam mit Oskar Maria Graf – die dortigen revolutionären Bewegungen erlebte – verbrachte er wieder in München, unterbrochen durch einen Aufenthalt auf Hertha Königs Gut Böckel in Westfalen. Das traumatische Erlebnis des Militärdienstes, empfunden auch als eine Wiederholung in der Militärschulzeit erfahrener Schrecken, ließ Rilke als Dichter eine Zeit lang nahezu völlig verstummen.

Am 11. Juni 1919 reiste Rilke von München in die Schweiz. Äußerer Anlass war eine Vortragseinladung aus Zürich, eigentlicher Grund aber der Wunsch, den Nachkriegswirren zu entkommen und die so lange unterbrochene Arbeit an den Duineser Elegien wieder aufzunehmen. In Zürich lernte er Nanny Wunderly-Volkart (1878–1962) kennen, eine großzügige Mäzenin, die ihn von 1919 an bis zu seinem Tod nicht nur finanziell unterstützte und für Rilke angenehme Aufenthaltsorte mit der gewünschten Bedienung bereitstellte. Ihr inniges und vertrauensvolles Verhältnis spiegelt sich in einem regen Briefwechsel wider, der 1977 teilweise veröffentlicht wurde. Auf Rilkes Wunsch unterstützte sie auch dessen Geliebte, die mittellose geschiedene Mutter zweier Kinder Baladine Klossowska.

Die Suche nach einem geeigneten und bezahlbaren Wohnort erwies sich als sehr schwierig. Rilke lebte unter anderem in Soglio, Locarno und Berg am Irchel. Erst im Sommer 1921 fand er im Château de Muzot, einem Schlösschen oberhalb von Siders im Kanton Wallis, eine dauerhafte Wohnstätte. 1920 unterzeichnete Rilke einen Vertrag mit dem Verleger Emil Roniger über das 1921 erschienene Bilderbuch Mitsou. Quarante images par Balthus, mit einem Vorwort von Rilke. Im Mai 1922 erwarb der Cousin von Nanny Wunderly, der Mäzen Werner Reinhart (1884–1951), das Château und überließ es dem Dichter mietfrei.

In einer intensiven Schaffenszeit vollendete Rilke hier innerhalb weniger Wochen im Februar 1922 die Duineser Elegien. In unmittelbarer zeitlicher Nähe entstanden auch die beiden Teile des Gedichtzyklus Sonette an Orpheus. Beide Dichtungen zählen zu den Höhepunkten in Rilkes Werk. Seit 1923 musste Rilke mit großen gesundheitlichen Beeinträchtigungen kämpfen, die mehrere lange Sanatoriumsaufenthalte nötig machten. Auch der Paris-Aufenthalt von Januar bis August 1925 war ein Versuch, der

Krankheit durch Ortswechsel und Änderung der Lebensumstände zu entkommen. Dennoch entstanden auch in den letzten Jahren zwischen 1923
und 1926 noch zahlreiche Einzelgedichte (etwa Gong und Mausoleum)
und ein umfangreiches exophones lyrisches Werk in französischer Sprache.

Im Januar und Februar 1926 schrieb Rilke der Mussolini-Gegnerin Aurelia
Gallarati Scotti drei Briefe nach Mailand, in denen er die Herrschaft Benito
Mussolinis lobte und den Faschismus als ein Heilmittel pries. Über die
Rolle der Gewalt war Rilke sich dabei nicht im Unklaren. Er war bereit,
eine gewisse vorübergehende Gewaltanwendung und Freiheitsberaubung
zu akzeptieren. Es gelte auch über Ungerechtigkeiten hinweg zur Aktion zu
schreiten. Italien sah er als das einzige Land, dem es gut gehe und das im
Aufstieg begriffen sei. Mussolini sei zum Architekten des italienischen Wil-
lens geworden, zum Schmied eines neuen Bewusstseins, dessen Flamme
sich an einem alten Feuer entzünde. „Glückliches Italien!", rief Rilke aus,
während er den Ideen der Freiheit, der Humanität und der Internationale
eine scharfe Absage erteilte. Sie seien nichts als Abstraktionen, an denen
Europa beinahe zusammengebrochen wäre. Rilkes Grab auf dem Friedhof
in Raron.

Auch wenn in Rilkes späten Werken oft vom Lob und vom Rühmen die
Rede ist. Es geht immer um ein Rühmen im Angesicht von Schmerz, Leid
und Absurdität des menschlichen Lebens. Und nie um eine verharmlo-
sende Betrachtung der Wirklichkeit. Und wie erinnert das an Jesu Tod am
Kreuz? Im Angesicht von Schmerz litt Jesus wie ein Mensch. Rilke litt unter
seiner Krankheit, doch die brachte keine Erlösung.

Kurz vor Rilkes Tod wurde seine Krankheit als Leukämie diagnostiziert, und
zwar in einer damals noch wenig bekannten Form. Der Dichter starb am
29. Dezember 1926 im Sanatorium Valmont sur Territet bei Montreux und
wurde am 2. Januar 1927 – seinem Wunsch entsprechend – in der Nähe
seines letzten Wohnorts auf dem Bergfriedhof von Raron (Schweiz) beige-
setzt. Auf seinem Grabstein steht der von Rilke selbst verfasste und für
den Grabstein ausgewählte Spruch: Beeinflusst durch die Philosophen
Schopenhauer und vor allem Nietzsche, deren Schriften er früh kennengelernt hatte, ist Rilkes Werk durch eine scharfe Kritik sowohl an der Jen-
seitsorientierung des Christentums als auch an einer einseitig natur-
wissenschaftlich-rationalen Weltdeutung geprägt. Seine kurze Orientreise,
die ihn 1911 nach Tunesien, Ägypten und Spanien führte, brachte ihn mit
der Welt des Islams in Kontakt, aus der schon früher nachvollziehbare Einflüsse in Weltanschauung und Werk ersichtlich wurden. Rilke fühlte sich
sehr stark zur arabischen Sprache hingezogen. Der Islam war für ihn die
Religion des „unverstellten Weltraums", des reinen Kreaturgefühls: Die
Erde werde als „pures Gestirn" erfahrbar. Die Geschöpflichkeit der Erde
könne so rein und unverstellt erscheinen.

Zu den frühen Werken Rilkes gehören die Gedichtbände Wegwarten,
traumgekrönt und Advent. Mit dem Band Mir zur Feier (1897/1898)

wendet er sich zum ersten Mal systematisch einer Betrachtung der menschlichen Innenwelt zu. Die unveröffentlichte Gedichtsammlung Dir zur Feier (entstanden 1897/1898) ist eine einzige Liebeserklärung an die verehrte Lou Andreas-Salomé. 1899 entstand das kurze Prosawerk Die Weise von Liebe und Tod des Cornets Christoph Rilke.

Das Stunden-Buch (drei Teile entstanden 1899–1903, Erstdruck 1905), benannt nach traditionellen Gebetbüchern des Mittelalters, bildet den ersten Höhepunkt des Frühwerkes und ist Ausdruck eines pantheistischen Gottesbildes. Mit seinen kunstvoll verschlungenen Reimbändern und seinem fließenden Rhythmus ist dieser Gedichtzyklus eines der Hauptwerke des literarischen Jugendstils. Dieser Schaffensperiode ist auch die 1902 erschienene und 1906 um zahlreiche Gedichte erweiterte, im impressionistischen Stil gehaltene Gedichtsammlung das Buch der Bilder zuzurechnen.

Nietzsches Philosophie – auch vermittelt durch beider intimer Freundin Lou Andreas-Salomé – gewinnt in den Jahren um die Jahrhundertwende erheblichen Einfluss auf Rilke. Die Anerkennung der Wirklichkeit ohne Jenseitsvertröstungen oder soziale Entwicklungsromantik prägte auch Rilkes Weltverständnis. Dafür stehen intensive Beobachtungen der Natur sowie des menschlichen Verhaltens und Gefühlslebens. Dies alles bildete Rilkes „Weltinnenraum", in dem sich Außen- und Innenwelt verbinden.

Aus den Werken der mittleren Phase zwischen 1902 und 1910 ragen vor allem die neuen Gedichte und der Roman die Aufzeichnungen des Malte Laurids Brigge hervor. Rilke wendet sich in diesen Werken der Welt menschlicher Grunderfahrungen zu; nun aber nicht mehr, indem er das Innenleben beobachtet, sondern in einer das Subjekt zurückdrängenden symbolischen Spiegelung dieses innen in den erlebten Dingen. So entstehen seine „Dinggedichte", zu denen die blaue Hortensie, der Panther oder der archaische Torso Apollos gehören, die den literarischen Symbolismus weiterentwickeln. Dieses Welterfassen bezieht ausdrücklich die schmerzvollen und fremden Aspekte des Lebens ein: Hässliches, Krankheit, Trieb und Tod.

Im späten Werk (1912–1922) verleiht Rilke seiner Lebensbejahung in den Zyklen Duineser Elegien und „Die Sonette an Orpheus poetische Gestalt" und bezieht sich auf das ganze Leben und Tod umgreifende Dasein. Die Gedichte der letzten Jahre zerfallen in unterschiedliche Gruppen. Einerseits heiter entspannte, oft lakonisch pointierte Natur und Landschaftsgedichte, andererseits poetisch kühne Experimente, die rein aus der Sprache herausgearbeitet sind.

Im Aufsatz Ur-Geräusch von 1919 vergleicht Rilke die Kronen-Naht des menschlichen Schädels mit „der dicht gewundenen Linie, die der Stift eines Phonographen in den empfangenden rotierenden Zylinder des Apparates eingräbt."Rilkes Werke sind häufig vertont oder musikalisch bearbeitet worden. Viele Künstler nutzten Rilkes Werke für ihren eigenen Erfolg. So ist es eben ein Geben und Nehmen in der Welt, was zu einem

Reichtum geistiger Weise als auch vielen Menschen Kultur und Freude und Wissen verholfen hat.

Rainer Maria Rilke war ein bedeutender Dichter der deutschen Literatur. Seine Gedichte und Romane sind von großer poetischer Kraft und zeugen von seinem tiefen Verständnis für die menschliche Seele. Rilkes Werk ist bis heute aktuell und wird von vielen Menschen gelesen und geschätzt. Gott hat auch ihn von Anfang an durchweht. Wie auch Jesu, der war ein Mensch. Jesus fand seinen Frieden bei Gott, Rilke fand die Ewigkeit mit noch viel mehr Fragen, als er sie schon hatte. Ist der Friede mit Gott nicht der Wichtigere?

Der Schatten - eine Trilogie

1. Der Schatten - Was Wissen Schaft

Der Schatten ist der gar nicht oder weniger beleuchtete Raum (Bereich) hinter einem undurchsichtigen oder nicht vollkommen durchsichtigen Körper, der sich im Strahlengang einer Lichtquelle befindet. Es gibt verschiedene Schattenarten. Zum Beispiel den lichtfreien Bereich hinter einem Gegenstand nennt man den Schlagschatten, auch Schattenbild, Schattenriss, Silhouette, Standschatten oder bei zwei oder mehr punktförmigen Lichtquellen unterscheidet man den Kernschatten, er wird von keiner Lichtquelle beleuchtet und den Halbschatten, er wird nur von einem Teil der Lichtquellen beleuchtet. Dieser informiert über die räumliche Beziehung des Gegenstandes zur Umgebung und anderen Objekten. Außerdem gehört zum Schatten der Eigenschaften (Hell-Dunkel-Modellierung, Körperschatten, Licht-Schatten-Modulation, Schattenseite, Schattierung, englisch inner Schadow. Dieser ist der unbeleuchtete Teil, der auf dem Körper selbst liegt. In der Literatur nimmt das Schattenmotiv häufig Gestalt an. Meist verkauft die Hauptfigur ihren Schatten, um Reichtum, Liebe oder Glück zu gewinnen. Die Handlung dient dazu, menschliche Defizite bloßzulegen, dass etwa der Wunsch nach materieller Bereicherung oder die Liebesfähigkeit der Menschen verkümmern lässt. Viele Ereignisse wie Krieg und Frieden, Sommer und Winter oder Sport werfen ihre Schatten voraus. Manch unerkannter Genosse tritt aus seinem Schattendasein, das von niemandem bemerkt wird, heraus. Aber was passiert dazwischen. Was passiert zwischen den Schatten. Da, wo der Schatten heller wird, wo er bunter wird, wo es lichte Räume gibt. Was passiert da? Geschichten werden davon erzählt in Hülle und Fülle. Es passiert so viel, das kann kein einziges Buch fassen. Zum Glück, denn davon gibt es so viel zu erzählen, davon kann jeder so viel berichten. Es ist schier endlos, was zwischen den Schatten so alles geschieht. Der Schatten ist so vielseitig. Man kann ihn malen, man kann ihn beschreiben, man kann ihn hören und man kann ihn sehen. Er taugt nicht zum Glauben, aber er bereichert das Leben ungemein. Der Schatten.

2. Der Schatten in der Poesie

Der Schatten ist ein unscheinbares Wesen. Er ist immer da, aber man nimmt ihn oft nicht wahr. Er ist ein Teil von mir, ich will ihn aber nicht sehen. Der Schatten ist der dunkle Teil unserer Seele. Er ist der Ort, wo unsere Ängste, unsere Sorgen und unsere verborgenen Wünsche wohnen. Er ist der Ort, wo wir uns vor der Welt verstecken. Manchmal ist der Schatten auch ein Freund. Er beschützt uns vor Gefahren und hilft uns, uns zu verstecken. Aber manchmal ist er auch ein Feind. Er lockt uns in die Dunkelheit und hält uns davon ab, zu wachsen.

In der Literatur ist der Schatten ein beliebtes Motiv. Er wird oft als Symbol für die dunkle Seite der menschlichen Seele verwendet. In vielen Geschichten verkauft die Hauptfigur ihren Schatten, um Reichtum, Liebe oder Glück zu gewinnen. Aber sie erkennt bald, dass sie ihren Schatten braucht, um ein vollständiges Leben zu führen.

In der Realität ist der Schatten auch ein wichtiges Motiv. Er kann uns helfen, uns selbst besser zu verstehen. Wenn wir uns unserem Schatten stellen, können wir ihn integrieren und zu einem Teil von uns machen. Dann wird er zu einem Freund und Begleiter.

Der Schatten zwischen den Schatten

Aber was passiert dazwischen? Was passiert zwischen den Schatten? Da, wo der Schatten heller wird, wo er bunter wird, wo es lichte Räume gibt. Was passiert da?

In dieser Zwischenwelt ist alles möglich. Es ist ein Ort der Fantasie und der Kreativität. Es ist ein Ort, wo wir uns frei entfalten können.

In dieser Zwischenwelt können wir unsere Träume leben. Wir können die Welt neu erschaffen. Wir können alles sein, was wir wollen.

Die Geschichten zwischen den Schatten

Es werden viele Geschichten davon erzählt, was in dieser Zwischenwelt passiert. Es sind Geschichten von Liebe und Abenteuer, von Hoffnung und Mut. Es sind Geschichten, die uns inspirieren und uns helfen, die Welt mit neuen Augen zu sehen.

Der Schatten ist ein vielfältiges Wesen. Er kann ein Freund sein, ein Feind, ein Symbol oder ein Ort der Fantasie. Er ist ein Teil von uns, und er kann uns helfen, ein vollständiges Leben zu führen.

3. Schattengedichte und Aphorismen

Der Schatten

Der Schatten ist ein Teil von uns,
er ist da, wo wir nicht sind,
die dunkle Seite unserer Seele,
die wir oft verdrängen, blind.

Er ist der Spiegel der Ewigkeit,
der uns unsere Vergangenheit zeigt,
die wir oft vergessen,
weil sie zu schmerzlich ist.

Die Sichtbarkeit ist das Schattenbild der Ewigkeit.
Die Sichtbarkeit zeigt uns auch die ewige Vergangenheit.
Wir sehen nur das, was vor Augen in der Heutigkeit.
Und leben doch in der Gegebenheit.

Wenn wir unseren Schatten erkennen,
so sehen wir Vergangenheit und Ewigkeit.
Dann können wir unsere Namen nennen.
Dazwischen können wir wachsen und gedeihen.
Und Vater, Sohn und Heiliger Geist bekennen.

Ein Schattenleben

Der Vater Schatten, der war stark und groß.
Die Mutter Schatten, die war sanft und reglos.
Baby Schatten, das war klein, aber fein.
Baby Schatten hatte Geburtstag heut.
Da kamen viele Schatten, das hat sie alle erfreut.
Es waren die Opas, die Omas, die Onkel, die Tanten.
Alle kamen zum Fest, es war ein Tag voller Schattenverwandten.
Der Bub von nebenan, der Maxl, der hörte ganz leises flüstern.
Draußen auf dem Hof vor den Mauern sah er sich was verdüstern.
Er wollte schauen, was es ist, was da vor sich ginge.
So kam er in den Hof, alles voller Schatten und Gesinge.
Maxl zündete seine Laterne an und husch, weg waren sie alle. Die Großen,
die Kleinen, die Dicken, die Dünnen, einfach alle.
Der Bub schaute zum Haus hinauf und hörte aus einem Fenster,
wie die Menschen sangen, dem Kindlein ein Ständchen zu ehr.
So alt wurde der Kleine, nämlich ein Jahr, ei der Daus.
Der Maxl blies seine Kerze aus und ging zurück in das Haus.

Als er sich umdrehte, sah er sie wieder, die Schatten im Hofe, sie zeigten ihm jetzt eine lange Nase. Von da an ließ er Schatten Schatten sein. Sie konnten ihm nichts anheben, hatte er seine Laterne dabei.

Schattige Aphorismen

Der Schatten ist die Wahrheit, die wir nicht sehen wollen.
Der Schatten ist der Raum, in dem wir uns verstecken können.
Der Schatten ist der Ort, an dem wir uns selbst finden können.
Der Schatten ist der Spiegel unserer Seele.
Der Schatten ist der Weg ins Unbewusste.
Der Schatten ist die Quelle unserer Kreativität.

Die Wespe Quirrla

Es war kurz vor der Zeitenwende vom Winter zum Frühling, also im März. Genauer gesagt, Mitte März. Die Märzsonne schien schon kräftig. Ein Betonhoch zementierte den Frühsommer in das Wetter. Kaum noch Frostnächte, dafür tagsüber an die zwanzig Grad. Das animierte die Natur zum frühzeitigen Austreiben. Die mit dem Heuschnupfen kamen so richtig auf ihre Kosten. Im wahrsten Sinne des Wortes. Denn die brauchten Tempotaschentücher ohne Ende, Nasentropfen, Augentropfen und im schlimmsten Fall ließen sie sich krankschreiben. Manche überleben so etwas auch nicht, das ist dann tragisch. In diesem Jahr war eben alles etwas weiter als sonst. Aber das zeichnet sich schon seit Jahren ab. Das Wetter wird immer wärmer, zur Folge davon beginnt die Natur sich schon früher als gewohnt zu entwickeln. Und ein wenig Frost in der Nacht schadet den Blättern und Knospen eh nicht mehr. So ist Flora und Fauna früher als sonst mit sich beschäftigt. Das galt auch für die Wespen. Normalerweise beginnen die ja im April mit dem Nestbau, aber jetzt sind sie vier Wochen früher dran. Die Königin Wespe ist aufgewacht aus ihrer Winterstarre. Jetzt schaute sie sich nach einem geeigneten Unterschlupf um. Den fand sie in einer Holzbalkenlücke an einem Haus. Aber auch Dachböden, Rollladenkästen oder andere dunkle Hohlräume an und in Gebäuden werden zum Nestbau genutzt. Als Erstes baut sie sich ihr Anfangsnest. Das besteht aus sieben Brutzellen (eine in der Mitte, sechs Zellen darum herum). Die hängen kopfüber an der Höhlendecke geheftet und sind von einer kugelförmigen Nesthülle umgeben. In die Brutzellen legt die Königin jeweils ein Ei, das sie kurz vor der Eiablage mit Spermien aus dem Receptaculum seminis (Samentasche) besamt, in dem sie einen Spermienvorrat aus dem letzten Herbst mit sich trägt. Die Brutpflege und der Nestbau erfolgen in dieser Phase durch die auf sich allein gestellte Königin. Die Larven werden von ihr mit einem Brei aus zerkauten Insekten gefüttert. Nach der Fütterung geben die Larven einen zuckerhaltigen Flüssigkeitstropfen ab, der wiederum zur Ernährung der Königin dient und für die Larven die einzige Möglichkeit darstellt, Flüssigkeit abzugeben. Erst kurz vor der Verpuppung geben die Larven Kot ab. So wird verhindert, dass es im Nest durch Verschmutzung mit Ausscheidungen zu Fäulnis kommt. Durch die von der Königin verströmten Pheromone (Duftstoffe) entwickeln sich aus den Larven keine neuen befruchtungsfähigen Weibchen, sondern nur unfruchtbare Arbeiterinnen, an die die Königin den Weiterbau des Nestes und die Nahrungsbeschaffung übergibt. Die Königin widmet sich danach nur noch der Fortpflanzung. Die Arbeiterinnen legen jetzt in mehreren ebenen Brutwaben an.

Der Wespenstaat

Ihre Anzahl und damit auch die Größe des Nestes nimmt rasch zu und wächst im Regelfall auf 3.000 bis 4.000 Individuen an, wobei die Nester bis zum Spätsommer kontinuierlich anwachsen. Mit dem Einsetzen der Produktion neuer Geschlechtstiere (in speziellen, etwas vergrößerten Zellen) im Spätsommer oder Frühherbst ist die Maximalgröße erreicht. Von da an nimmt die Individuenzahl rasch ab, da keine neuen Arbeiterinnen mehr produziert werden, bis das Nest im Herbst abstirbt. Die Koloniegröße erreicht etwa 500 bis 5000 Arbeiterinnen, das Nest besitzt dann etwa 3500 bis maximal etwa 15000 Brutzellen. Für Japan werden geringere Maximalstärken, bis 8500 Brutzellen, angegeben. Größere Völker existieren in Neuseeland, wohin die Art vom Menschen verschleppt wurde und wo Völker ausnahmsweise auch überwintern können, hier wurden bis zu 20000 Brutzellen gezählt.

Das Besucherlein

Und eine davon gesellt sich eines Tages zu mir in die Wohnung. Es war seit Tagen schon sehr warm, kein Regen, kein Wasser. So eine Wespe ist schon intelligent und damit auch sehr findig, wenn es darum geht, für sein Volk da zu sein. Die erwachsenen Tiere ernähren sich vorwiegend vegetarisch von Nektar und anderen zuckerhaltigen Pflanzensäften. Die Larven werden mit zu Brei zerkauten Insekten oder anderem tierischem Eiweiß gefüttert. Bei der Nahrungssuche finden sich die gemeinen Wespen oft auf Kuchen oder anderen zuckerhaltigen Nahrungsmitteln des Menschen ein und lassen sich von dieser einmal für sich entdeckten Nahrungsquelle nur schwer wieder vertreiben. So auch die fleißige in meiner Wohnung. Die Balkontüre stand weit offen und die Wespe fand den Weg herein. Sie flog aber gleich zum Fenster, da kam das Helle her. Ich machte es auf und beförderte sie mit einem Schubser auf ihr Gesäß hinaus. Kaum hatte ich das Fenster geschlossen, hörte ich es summen. Da war sie wieder. Einmal um die Ecke gesummt und schon war sie wieder da. Was tun.
Guter Rat teuer. Fenster zu, Türe zu war nicht die Lösung. Sie war wieder am Fenster und noch ein Versuch. Wespe raus, Fenster zu, Wespe wieder drin. Was willst du denn, fragte ich sie. Verstanden hat sie das wohl nicht. Aber sie machte eine Flugpause. Brauchte wohl Erholung von ihrem Gefliege. Mittlerweile erinnerte ich mich an eine Begebenheit in meiner letzten Wohnung. Da war es auch warm im Sommer, und da kam jeden Tag eine Wespe hinters Haus an die Gießkanne. Die war immer gefüllt mit Wasser. Bis zum Rand. Da setzte sie sich hin, trank Wasser und nahm welches mit zurück in ihr Nest. Jeden Tag zur selben Zeit. Also füllte ich einen Unterteller mit Wasser und stellte den an das Fenster. Sofort stürzte sie sich auf das kühle Nass, trank, füllte ihre Taschen und zurück ging es durch die offene Türe zu ihrem Nest. Das wiederholte sich noch zwei, dreimal

und dann war Ruhe. Bis zum nächsten Tag. Ich saß vor meinem PC und recherchierte gerade, die Tür natürlich offen, da verspürte ich einen leichten Luftzug an meinem linken Ohr. Ich schaute mich um, nichts zu sehen. Da wieder. Jetzt schaute ich genauer hin. Ich traute kaum meinen Augen. Da war sie wieder. Die Wespe. Sie stand in der Luft, es war nichts zu hören, kein Gebrumme, kein Gesummse. Nichts. Vorwärts, rückwärts, seitwärts, aber nichts zu hören. Ich gab ihr einen Namen. Quirrla nannte ich sie, denn es war eine Arbeitswespe und die sind allesamt weiblich und sind besonders quirlig, also umtriebig. Hast du Durst, fragte ich sie. Ja, hörte ich. Aha, sie konnte sprechen, also ja. Ich stellte ihr das Wasser hin und sie bediente sich. Danke, hörte ich. Na ja, vielleicht bildete ich mir das auch nur ein. Jedenfalls kam sie wieder und wieder. Jedes Mal, danke. Hast du auch Hunger, fragte ich nach. Nein, Durst. Auch gut. Es blühte ja und die Wespen sind für die Bestäubung zuständig. Dabei sollte man es auch belassen. Am Wochenende am Sonntag waren wir nachmittags im Kirchgarten zu unserem Sommerfest. Das erste Mal wieder seit zwei Jahren. Der Kirchgarten ist so zehn Kilometer von unserer Wohnung entfernt. Nach dem Essen saßen wir noch ein wenig zusammen und erzählten uns das eine oder andere. Es gesellten sich Wespen zu uns. Bei den einen waren das lang gezogene iiiiiiiis, Achtung Wespe. Bei mir war das ein freundliches Hallo, auch Durst. Mein Spezi hatte es ihnen angetan. Leider fiel eine in den untersten Rest des Glases hinein und kam nicht mehr raus. Man schaute zu, wie bei einem Autounfall auf der Autobahn. Mal schauen, was passiert ist, sieht ja schlimm aus. Ich nahm eine Serviette und hielt sie der Wespe hin. Die umklammerte diese sofort und ich konnte sie auf den Tisch legen. Sie war schon bald trocken, aber leicht verletzt, der eine Fuß, den schleifte sie nach. Nach einer Weile ging der auch wieder. Dann probierte sie ihre Flügel und als die funktionierten, stieg sie auf, an mein Ohr vorbei und ich hörte es ganz genau: danke. War das Quirrla? Sie kam nochmals zurück mit ein paar Kolleginnen und sagte nochmals: danke. Nein, das konnte doch nicht Quirrla sein. Die war doch zu Hause, oder? Ich weiß nicht, wie weit so eine Wespe fliegen kann, aber wenn eine es kann, dann ist das Quirrla, war ich mir sicher. So eine Wespe kann bis zu 30 km/h schnell sein und dann sind 10 km nicht wirklich weit. Quirrla traute ich alles zu. Wir stiegen ins Auto und fuhren wieder zurück. Da sitzt eine Wespe, deutete meine Frau auf das Insekt. Ich wusste sofort Bescheid. Lass sie sitzen, das ist Quirrla, die will auch mit zurück nach Hause. Irritiert schaute meine Frau mich an. Aber sie war ja schon einiges mit mir gewöhnt. Am anderen Tag tauchte Quirrla zur gewohnten Zeit wieder auf, holte ihre Ration Wasser, es war schon sehr warm und verzog sich dann wieder. Und dann kam der Tag, Quirrla kam nicht mehr. Es war Herbst geworden und die Nächte wurden kälter. Dann sterben die Wespen ab und die Königin legt im nächsten Frühjahr neue Eier. Vielleicht ist wieder eine Quirrla dabei, man darf gespannt sein.

Tiere und Menschen im Einklang

Die Vorstellung

Als Biberich hier ankam, gefiel es ihm sofort. Der Bach, die Bäume am Bach entlang, daneben Felder, Wiesen, noch mehr Bäume, also Wald. Ja, hier gab es in Hülle und Fülle zu fressen, zu bauen, ja alles, was so ein Biber in seinem Leben braucht. Halt, etwas fehlte noch. Genau. Das Weibchen. Auch ein Biber hat den Drang, sich fortzupflanzen. Mal schauen, was es da so gibt. Biberich kam im Spätherbst hier an. Da schon hat er Witterung einer Biberin aufgenommen. Also musste hier irgendwo eine sein. Bloß wo. Er markierte überall in der Umgebung. Und tatsächlich. Eines Tages, er baute schon mal das Nest, bekam er den Duft einer Dame in seine Nase. So nahm nun alles seinen Lauf. Mittlerweile war es schon Februar und die Biberin war trächtig. Das Bibernest wuchs und der Bach, er hatte schon viel Wasser, begann sich zu stauen. Aber nicht so, dass es über das Ufer ging. Biberich hatte aber auch ganze Arbeit geleistet. Rund um das Nest waren alle Bäume gefällt. Und er war noch nicht fertig. Wohin das wohl führte? Nebenan auf der Wiese, in unmittelbarer Nachbarschaft, lebte ein Maulwurf mit Familie. Schon eine ganze Weile. Der war sehr fleißig und warf viele Erdhügel auf. Der Boden war also gut locker. Die Wiese des Bauern. Also gab es hier unten auch viel Gewürm und Engerlinge. Nahrung im Überfluss. Durch seine Atmung produziert der Maulwurf dann viel CO_2. Das muss an die Oberfläche und so wirft er die vielen Erdhügel auf. Das trägt auch zur Lockerung und Drainierung des Bodens bei. Neben dem Maulwurf wohnt auch noch eine Feldmausfamilie. Die graben sich tief in das Feld ein. Zwar fressen sie auch Ungeziefer, aber eben lieber Körner, Kräuter und Samen. Feldmäuse sind damit eben auch unliebsame Gäste der Bauern. Und die vermehren sich auch unaufhörlich. Hohe Baumbestände stehen im Tal. Die umsäumen zwei Teiche mit Fischen. Davon ist einer von einem Paar Rabenkrähen belegt. Die haben in dem Wipfel ihr Nest gebaut. Das bewohnen sie schon seit Jahren. Rabenkrähen sind Allesfresser und sorgen so auch dafür, dass Aas nicht verwest, also gefressen wird. Nicht dass da jetzt Kühe rumliegen, nein, Kleinlebewesen sind damit gemeint. Rabenkrähen sind auch sehr klug. Sie können unter anderem Anzahlen bis 30 zu unterscheiden, wobei ihre Diskriminierfähigkeit mit ansteigender Menge abfällt. Des Weiteren können sie abstrakte Regeln befolgen und Menschen- und Krähengesichter unterscheiden. Das Arbeitsgedächtnis von Aaskrähen hat eine Kapazität von 4 und ist somit vergleichbar mit dem von Rhesusaffen. Aaskrähen erreichen die höchste Stufe der Objektpermanenz, wobei die verschiedenen Stufen erst im Laufe der Entwicklung erreicht werden. Wie auch Raben zeigen Aaskrähen den „A-nicht-B-Suchfehler". So auch diese beiden. Es gab da auch noch die Waldohreule. Sie lebte oben im Wald.

44

Dort hat sie ein altes Krähennest übernommen und bewohnt es mit der Waldohreulendame. Sie haben es noch ein wenig weiter ausgebaut. Und sie hatten eine gute Sicht runter zur Wiese und dahinter der Bach. Eulen können sehr gut hören und noch besser sehen. Sie sind auch recht intelligent und können Gesichter unterscheiden. Und dann war da noch der Fuchs. Der hatte seinen Bau oben im Wald. Auch er ist eher nachtaktiv und sucht nach Nahrung im Dunklen. Das Weibchen war schon trächtig und brachte den Bau auf Vordermann. Die Jungen aus dem letzten Jahr tollten auch noch herum. Füchse fressen so ziemlich alles, was ihnen vor das Maul kommt. Sie sind nicht wählerisch. Sie erbeuten hauptsächlich kranke und reaktionsschwache Tiere und sorgt so dafür, dass sich die Gene der starken und reaktionsschnellen Tiere vermehren. Beutegreifer sind daher unverzichtbare Gestalter im Zusammenleben von Tierarten und zudem kein Feind des Menschen!

So geschehen dann am Mittwoch den Vormittag. Man traf sich am Parkplatz, allen voran der Bürgermeister. Klaus führte sie an den Platz des Unbills. Und dann standen sie alle drumherum und schauten und staunten und raunten vor sich hin. Also begann der Biberbeauftragte, man kann hier schon was tun, ohne den Biber zu vertreiben. Er fotografierte das ganze Ausmaß und versprach, sich alsbald im Gemeinderat zu melden. Dort kann er dann Maßnahmen ankündigen. Der Bürgermeister antwortete: aber möglichst schnell. Dahinten ist ein Baum angenagt und hier die Unterführung ausgehöhlt, wir müssen schleunigst was tun. Klaus fügte hinzu, dass hier auf der Wiese noch andere Tiere lebten und die auch nicht ertrinken dürfen. Der Beauftragte konnte und wollte auch noch nichts sagen. Er würde sich beeilen und am kommenden Montag in der Sitzung im Rathaus erscheinen. So ging man auseinander.

Sie wurden beobachtet. Nämlich vom Biberich, der hatte sie auch reden hören, vom Maulwurf, der Feldmaus, den Rabenkrähen und die Waldohreule hatten sie alle im Blick. Und alsdann fiepte es, pfiff es, krähte es, allerlei tierische Laute schwirrten durch die Luft. Am Abend traf sie sich dann vor der Hütte an dem kleinen See. Die Biber, der Maulwurf, die Feldmaus, die Rabenkrähen, die Waldohreule, der Fuchs. Alle waren sie gekommen. Der Biberich erhob seine Stimme und sagte das, was er alles gehört hatte. Er stellte es noch ein wenig größer dar, als es tatsächlich war. Man kann ja nie wissen. Die Waldohreule sah Maulwurf und Feldmaus und musste ihren Jagdinstinkt zügeln. Der Fuchs auch. Alle anderen hörten geduldig zu. Ja, der Bach ist für alle wichtig, aber dem Wald oben wird er nicht gefährlich. Der nicht, aber die Menschen. Die holzen dann wieder ab und machen irgendwelche Flurbereinigungen und das Grundwasser benutzen die auch für alles Mögliche. Also, was soll hier geschehen. Maulwurf sagte, sie werden wahrscheinlich den Tunnel zuschütten, die Burg vom Biber abtragen, den Baum hinten fällen. War letztes Mal auch so. Biberich: Ich kann doch nicht jedes Mal meine Burg neu bauen.

Maulwurf: Doch kannst du, bau halt vernünftig, muss ja nicht gleich die Wiese überflutet werden.

Eule: Ich habe gehört, da oben sollen Windräder hinkommen.

Krähe: Ja, und dahinter sollen neue Häuser hinkommen.

Der Dachs, der kam zufällig vorbei: Immer mehr Hunde streunen durch unseren Wald. Also, was können wir tun, um unseren Lebensraum zu erhalten. Nun berieten sie und berieten sich, was man tun könne. Allein es viel ihnen nichts ein. Bis dann die Eule etwas sagt, was allen einzuleuchten schien. Eule: Hört mir zu, wir müssen uns auf das konzentrieren, was wir am besten können. Nämlich unseren Nutzen deutlicher machen. Dass, wozu jeder geschaffen wurde, noch deutlicher klarzumachen und zeigen. Dann wird das wahrgenommen und die Menschen werden unseren Lebensraum uns erhalten.

Biberich: Ja, genau da weiter oben haben sie schon Schlingen gelegt, hat mir mein Vetter gepfiffen.

Eule: Das ist strafbar. Fuchs: Ja, und Tiere jagen hoffentlich auch, nicht war Dachs?

Dachs: Ja, musst halt aufpassen, was du tust. Dann jagt dich keiner. Eule hat recht. Also Beschluss, ich muss weiter.

Der Beschluss also lautete dann: Alle konzentrieren sich auf ihre besten Eigenschaften und leben diese auch. Den Beschluss bitte an alle Tiere weiterleiten. Die Rabenkrähe nimmt Kontakt zum Bauern Klaus auf, um ihm das mitzuteilen und auch unsere Forderungen deutlich zu machen. Alle stimmten zu und dann ging es schnell wieder zurück nach Hause. Fuchs und Waldohreule gingen noch auf Jagd. Der Dachs war schon unterwegs.

Am anderen Tag flogen die Rabenkrähen zum Hof von Bauer Klaus. Der hantierte an seinem Traktor rum. Kra, kra, machte es hinter ihm. Er schaute sich um. Ah, was wollt ihr denn? Frug er die beiden. Sie berichteten ihm von der gestrigen Sitzung. Irgendwie hat der liebe Gott ihm die Fähigkeit mitgegeben, dass er die Sprache der Rabenkrähen verstehen konnte. Er konnte auch noch andre Tiersprachen verstehen. Zumindest die Einheimischen, also die, die hier geboren und aufgewachsen sind. Klaus nickte und die Krähen flogen wieder zurück, nicht ohne ein Leckerli von Klaus mitzunehmen. Auftrag erfüllt.

Am darauffolgenden Montag zur Gemeinderatssitzung war Klaus dann auch im Rathaus. Auch der Biberbeauftragte. Zunächst erläuterte der Bürgermeister nochmals die Situation mit dem Biber, bevor dann der Beauftragte seine Vorschläge unterbreitete. Danach war dann noch der Bauer Klaus dran. Und dann wurde der Beschluss gefasst: 1. Die Röhre unter dem Rad- und Wanderweg musste geschlossen werden. 2. Den Baum- und Strauchverbiss durch den Biber musste gefällt werden, sollte aber dem Bach entlang für den Biber ausgelegt werden, wegen seiner Nahrung. 3. Schlingenauslegen zum Fangen von Bibern steht unter Strafe und muss geahndet werden. 4. Hunde haben im Wald nichts verloren. Sie gehören angeleint. Zuwiderhandlung steht auch unter Strafe. 5. Das Schlagen von Holz wird nur in bestimmten Zeiten erlaubt. Die Brutzeiten sind zu berücksichtigen. Und 6. Der Bebauungsplan am Wald wird überprüft und neu bewertet. Alle waren zufrieden und Bauer Klaus konnte den Rabenkrähen positiv berichten.

Jesus und die heutige Jugend

Rienhard lädt Jesus zu einem Besuch ein

In diesem Jahr fand ein besonderer Jugendgottesdienst mit dem Präsidenten der neuapostolischen Kirche statt. Der Präsident heißt Jean Luc Schneider und kommt aus Frankreich. Das Treffen sollte auf dem Olympiagelände in München stattfinden. Rienhard kannte den Termin und half meistens mit beim Aufbau der Requisiten. Vom 07. bis zum 09. Juli wurde das Treffen angesetzt. Drei Tage also. Rienhard dachte an Jesus. Vielleicht wollte er diesmal dabei sein. Er könnte ihn ja mal anfunken, über den Sat. Ihn persönlich ansprechen, ist doch besser, fand Rienhard.

Rienhard war ein Wissenschaftler und Erfinder. Er hatte einen Raumzeitgleiter erfunden, mit dem er durch die Zeit reisen konnte. Er hatte Jesus bereits einmal in der Vergangenheit, in seiner Kindheit, besucht und war von ihm sehr beeindruckt. Er wusste, dass Jesus ein außergewöhnlicher Mensch war, der die Welt verändern konnte.

Er sagte Conradt Bescheid und der war einverstanden. Es gab eine Ausnahmeregel für den Transport von Nichtangehörigen der Luft- und Raumfahrt. Begründet wurde die Reise in dem Fall mit er Überbringung von sensiblen Wetterdaten aus Judäa. Also begaben sich Allister und Rienhard auf die neuerliche Reise nach Nazareth in das Jahr 13 neuer Zeitrechnung. Jesus müsste jetzt 14 Jahre alt sein. Bei seinem Intellekt wird er auch die Reise in die Zukunft verkraften. Conradt kündigte Jesus den Besuch von Rienhard und Allister an. Jesus freute sich und hatte auch noch ein paar Wünsche bereit. Es waren technische Dinge und auch noch Wasser und Dosen mit Bohnen.

Rienhard und Allister traten die Reise dann Ende Februar an. Zunächst besuchten sie ihre Freunde in 750. Die brauchten auch noch ihre Versorgung und anschließend ging es nach 13. Von dem Stützpunkt aus ging es dann gleich weiter nach Nazareth. Vorher noch die neusten Zahlen der Wetterdaten übermittelt.

Am frühen Morgen kamen sie auf dem Berg Tabor an. Diesmal parkten sie den Gleiter an einer anderen Stelle. Die war etwas unzugänglicher, man konnte ja nie wissen. Sonnenaufgang ist etwa eine Stunde vor der in München. Also starteten sie mit den Boards morgens so um halb sieben und waren in fünf Minuten am Haus von Jesus. Sie riefen seinen Namen und schon kam er raus. Groß ist er geworden. Hinter ihm die Geschwister. Natürlich gaben sie alles Mitgebrachte ab und dann gab es Getränke und Gebäck und einiges zu besprechen. Jesus Vettern waren auch da.

Jesus war jetzt 14 Jahre alt. Er war groß und kräftig geworden. Er hatte langes, dunkles Haar und ein offenes, freundliches Gesicht. Er war sehr aufgeregt, seine Freunde wiederzusehen.

Jesus begrüßte Rienhard und Allister herzlich. Er bedankte sich für die Mitbringsel und erzählte ihnen, was er in der Zwischenzeit alles erlebt hatte. Er hatte viel gelernt und war in seiner Entwicklung weitergekommen. Er war sich sicher, dass er bald eine wichtige Aufgabe in der Welt erfüllen würde.

Rienhard und Allister waren beeindruckt von Jesus. Sie wussten, dass er ein besonderer Mensch war. Sie waren sich sicher, dass er die Welt verändern würde.

Sie verbrachten den Tag mit Jesus und seiner Familie. Sie redeten viel und lachten viel. Rienhard sprach Jesus an und sagte: Jesus, ich habe vor, dich mitzunehmen nach meinem Zuhause.

Jesus: Au, ja, komm' ich mit. Jakobus und Johannes auch.

Rienhard: Da findet an einem Wochenende im Juli bei uns in München ein großer Jugendtag statt. Den richtet die neuapostolische Kirche aus.

Jesus: Was ist das neuapostolisch.

Rienhard: Die neuapostolische Kirche ist eine christliche Glaubensgemeinschaft.

Jesus: Gut, schau' ich mir an. Wann ist das?

Rienhard: Anfang Juli, im Tammuz.

Jesus: Das ist aramäisch, hebräisch Tammuz.

Rienhard: Gut, wir holen euch Mitte der Woche ab und bringen euch am Montag drauf zurück. Jesus sprach mit seinen Vettern, die nickten und dann war das fest gebucht.

Der Tag kam und Rienhard und Allister holten Jesus und seine Vettern ab. An einem Mittwoch. Josef und Maria und die Geschwister standen vor dem Haus und verabschiedeten die drei und wünschten ihnen frohes Gelingen. Was da eigentlich geschah, war ihnen sicherlich nicht so bewusst. Mit den Boards ging es zum Raumzeitgleiter. Und dann machten sie sich auf den Rückweg. Allister am Steuer und die Jungs neben ihm an den Scheiben klebend. Sie flogen ja das erste Mal in ihrem jungen Leben. Also zuerst nach Stuttgart, dann der Zeitsprung nach 2023 über den Zeitraumbahnhof. Sie landeten am Flughafen. Und jetzt wurden die Augen immer größer. So was hatten sie ja noch nie gesehen. Flugzeuge, Fahrzeuge, Menschen in aller Couleur. Sie stiegen in Rienhards Auto und fuhren rüber zur Uni, um Conradt zu begrüßen. Der freute sich, sie alle zu sehen. Dank des Übersetzers, jeder hatte einen, konnten sie Conradt verstehen. Das eine oder andere Wort kannten sie noch nicht und Jesus musste nachfragen. Rienhard konnte es dann erklären. Nach der Begrüßung fuhren sie dann nach Hause zu Rienhard. Allister blieb oben in der UNI. So sahen die Jungs das erste Mal Straßenbahnen fahren. Straßen, auf denen man fahren konnte, ja, womit man da alles fahren konnte. Zweiräder, Dreiräder, Vierräder und noch viele Mehrräder. Dann Drähte in der Luft, Drähte an Fassaden und Häuser in einer Größe, die sich keiner vorstellen konnte. Und wie viele Fahrzeuge. Rienhard nannte sie Auto. Gab es im Aramäischen nicht. So kamen sie an das Anwesen von Rienhard und seiner Angehörigen. Rienhard stellte seinen Besuch vor und dem Besuch seine Familie. Dann ging es zum Duschen und anschließend neu eingekleidet gab es Essen. Hunger hatten sie alle. Sie schienen alles zu vertragen. Zum Glück, sonst hätte es in die Hose gehen können, mit der Reise nach München. Das war für den nächsten Tag geplant. Sie reisten mit dem Auto dorthin. So konnten sie sich so langsam an ihre Umgebung gewöhnen. Jesus schaute sich alles sehr aufmerksam an. In einem Vorort von München bezogen sie dann in einem kleinen Hotel, nicht weit von der S-Bahn entfernt, ihr Quartier.

Im Hotel Moosbichl hatte Rienhard für sie zwei Zimmer gemietet. Die Jungs in einem Dreibettzimmer und er allein in einem Einzelzimmer. Das Ganze mit Frühstück. Zum Olympiapark waren es mit der S-Bahn gerade mal 11 Minuten fahren. Also gut gelegen das Hotel. Bei der Ankunft war es gerade Nachmittag und Rienhard lud sie noch ein, mit nach München Zentrum zu kommen. Es war ein warmer Sommertag und das Wetter versprach auch für die kommenden Tage, sich von seiner sonnigsten Seite zu zeigen. Die Jungs mussten noch eingekleidet werden und ein Friseur würde auch helfen. Gegen Abend gingen sie noch was essen und anschließend ins Hotel zurück. Für den Fall der Fälle installierte Rienhard noch einen Peilsender unter die Haut der Jungs. Sicher ist sicher, sagte er ihnen. Ihr dürft mir nicht verloren gehen. Der Sender war sehr klein, hatte aber eine hohe Reichweite. Wie Recht er hatte, sollte sich schon sehr bald erweisen. Sie verabschiedeten sich ins Bett, der morgige Tag wird schon anstrengend sein. Ihre Zimmer lagen im ersten Stock. Jeder verschwand in seinem Zimmer.

In der Nacht hörte Rienhard ein Geräusch vom Flur her. Er horchte darauf, es war aber ruhig, also schlief er weiter. Am anderen Morgen klopfte es ziemlich früh an seiner Tür. Herein rief er und stand auf. Einer der Jungs kam rein, Jakobus und gestikulierte wild herum. Jesus rief er Jesus immer wieder. Rienhard ging mit ihm in das Nebenzimmer. Und da sah er die Bescherung. Das Bett von Jesus war leer. Es war zerwühlt, aber Jesus war nicht zugegen. Nicht unterm Bett, nicht im Bad. Schnell zogen sie sich an und gingen runter in den Frühstücksraum. Erste Gäste saßen hier schon. Jesus nicht. Sie gingen nach draußen. Nichts zu sehen. Rienhards Auto stand auf der Straße, auch nichts. Rienhard wurde es mulmig zumute. Sein Handy klingelte. Ja, sagte er. Hör gut zu, tönte es aus dem Lautsprecher. Ich sage das jetzt nur einmal. Bis heute Mittag zwanzig Millionen. Sonst ist Jesus Geschichte. Und aufgelegt. Rienhard wurde kreidebleich. Sofort verständigte er Conradt. Der beruhigte ihn erstmal. Ich komme, sagte er und orderte den Helikopter. Er versuchte auch sofort, die 20 Millionen locker zu machen. Bis er am Flughafen in München war, war das Geld auch schon da. In einem Koffer. Allister auch. Mit dem Hubschrauber erreichten sie in einer halben Stunde München und landeten im Olympiapark. Dort erwarteten Rienhard und die beiden Brüder sie schon. Rienhard hat in der Zwischenzeit den Peilsender aktiviert und angefunkt. Und tatsächlich, der zeigte seinen Standort an. Im Olympia Einkaufszentrum im Parkhaus hielten sie sich versteckt. Es müssen ja mehrere gewesen sein. Conradt verständigte daraufhin die Polizei. Und die schickten, ohne viel Lärm zu machen, eine Einheit der Sonderkommission los. Sie trafen sich im westlichen Bereich vom Park und besprachen ihr weiteres Vorgehen. Das war wie folgt: Rienhard hatte den Peilsender und ging schlendernder Weise auf ihn zu. Am Hemd ein Mikrofon, von wo aus er immer seinen Standort bekannt geben konnte. Hinter dem Parkhaus platzierte sich das Sonderkommando sowie auf dem Deck. Mittlerweile war es kurz vor elf. Kurz vor dem Parkhaus tauschte Rienhard mit Conradt das Peilgerät und ging weiter am Parkhaus vorbei in Richtung Einkaufszentrum.

Jeden Moment erwartete er einen Anruf. Derweilen beobachteten Leute vom Kommando das Parkdeck. Und tatsächlich hielt sich dort eine Person auf, die immer wieder ins Gelände runterschaute. Zwei der Leute schlichen sich jetzt an den Mann heran. Conradt und in Entfernung ein zweiter Mann, gingen derweilen unter das Parkhaus und gingen den Fahrweg abwärts, immer dem Zeichen nach. Sie mussten sehr vorsichtig sein. Und dann sahen sie den Wagen. Ein kleiner Transporter. Ein Mann saß drin auf der Fahrerseite. Er hatte eine Waffe gezückt und spielte damit rum. Conrads Begleiter schob ihn jetzt beiseite und näherte sich dem Fahrzeug schräg von der Seite. Jetzt riss er die Tür auf und zog den Mann aus dem Auto. Die Waffe schlug er ihm aus der Hand. Der Mann war derart überrascht, dass er sich willenlos festnehmen ließ. Conradt öffnete die Seitentür und da lag Jesus gefesselt und geknebelt. Conradt befreite ihn und Jesus nahm ihn in den Arm. Er zitterte am ganzen Körper, hatte er doch aufregende Stunden erlebt. Der zweite Mann auf dem Deck, Dr. Maier vom Projekt +750, wurde ebenfalls festgenommen. Außerdem war noch ein Dritter auf dem Gelände, der sich nicht ausweisen konnte. Die beiden Männer wollten sich durch diese Aktion bereichern, da sie dachten, dass die Aktion gut versichert war. Die Aktion konnte jetzt abgebrochen werden und alle trafen sich auf der Polizeiwache für das Protokoll. Hier erzählte Jesus, was in der Nacht geschehen war. Jemand klopfte an die Tür und Jesus öffnete diese. Unter einem Vorwand lockte ein Fremder Jesus, mit nach unten zu gehen. Es ging um Rienhards Auto. Dort angekommen stülpte der Mann Jesus eine Kapuze über den Kopf, schnappte ihn von hinten und legte ihn in das Auto. Ein Zweiter verschnürte ihn dann und losging es. Nach und nach beruhigte sich Jesus wieder und seine Vettern. Es war eben ein Abenteuer der besonderen Art. Zum Glück hatte Jesus den Peilsender. Dadurch konnte er so schnell gefunden werden. Natürlich waren noch etliche Fragen offen, denen die Polizei nachgehen wollte. Zum Beispiel, woher wussten die Täter von Jesus oder auch von seiner Ankunft in München. In der Uni wusste es niemand, außer Conradt und Allister. Und die werden doch so etwas nicht planen. Sie hatten auf jedenfalls zu dem Zeitpunkt der Entführung ein Alibi. Es gab auch kein Motiv, so etwas anzetteln zu wollen. Conradt und Allister flogen zurück und Rienhard ging mit den Jungs in den Olympiapark. Dort konnten sie sich ablenken. Es waren schon viele Jugendliche im Park unterwegs. Jesus und seine Vettern konzentrierten sich auf die Begegnung mit ihnen.

Die Jugendlichen und Kirchenangehörigen waren sehr freundlichen. Sie grüßten meistens, sie lachten, alle waren friedlich miteinander. Alle waren sauber gekleidet, Haare modern gesteilt, die Mädchen modisch angepasst. Gut, das war den Dreien nicht wirklich bewusst, denn es war eben alles anders als bei ihnen zu Hause. Rienhard hingegen sah das schon und er versuchte auch, es Jesus zu erklären. Der sagte aber nichts dazu. Er schaute sich alles genau an. Rienhard traf auch Bekannte. Er stellte die Drei als Glaubensgeschwister vor. Es entwickelte sich ein Gespräch und so mussten sie ihnen erklären, wo sie denn her seien. Aus Nazareth. Oh, das war interessant. Über die Übersetzungsgeräte konnten sie sich gut austauschen. Rienhard passte auf, was gesagt wurde und umschiffte das nächtliche Erlebnis vorsorglich. Dann kamen sie an aufgebauten Pavillons vorbei. Es waren Jugendliche aus verschiedenen Teilen der Erde angereist. Die bauten in den Pavillons charakteristische Merkmale ihres Landes auf. Themen, bezogen auf ihren Glauben, wurden gezeigt. Auf dem Laptop, in Bildern aus den Gemeinden, in Kunstgegenständen. Alles in allem sehr anschaulich dargestellt. Auch gab es landesübliches Essen, welches probiert werden konnte. Und nein, niemandem wurde schlecht davon.

Der Olympiapark war sehr groß und man brauchte schon einige Zeit, bis man durch war. Und bis man dann noch alles angeschaut hatte. Es war sehr schnell Abend. Ab 18 Uhr versammelte sich alles in der Olympiahalle zur Begrüßung durch den Stammapostel. Das wollten die Vier noch mitnehmen. Die Halle fasste 15.000 Zuschauer. Und bis um 18 Uhr war sie gefüllt. Was nicht reinging, konnte im Außenbereich auf einer Leinwand zuschauen. Ein Orchester spielte und ein Chor sang Kirchenlieder. Für Jesus war das alles höchst bemerkenswert. Warum machen die das? Fragte er Rienhard. Das alles ist Ausdruck ihres Glaubens. Jesus klappte die Kinnlade runter. Welcher Glaube? Das sind alles neuapostolische Christen. Ihr Glaube beruht auf Jesus Christus, dem Sohn Gottes. Geführt wird die Kirche von Aposteln, die weltweit aktiv sind, erklärte Rienhard. Dann wurde es ganz still. Eine Orgel begann zu spielen und alle 15.000 Jugendliche sangen das Eingangslied. Das war prickelnd. Danach begrüßte der Stammapostel Jean Luc Schneider alle Anwesende. Er begann mit einem Gebet und hieß dann alle willkommen zu diesem Treffen. Er wünschte allen einen angenehmen Aufenthalt und erläuterte noch verschieden Programmpunkte. Dann sang der Chor und anschließend spielte noch das Orchester. Anschließend löste sich die Veranstaltung wieder auf. Rienhard und die drei Jungen machten sich auf den Heimweg. Und dann unterwegs plötzlich, dass. Eine Gruppe von Männern kam auf sie zu. Darunter der eben erlebte Stammapostel. Jesus blieb vor ihm stehen und schaute ihm in die Augen. Der nahm ihn in seine Arme und drückte ihn an seine Brust. Ein unwirklicher Augenblick und doch sehr symbolisch. Jesus in den Armen des Stammapostels im Jahr 2023 im Olympiapark in München. Ein denkwürdiger Augenblick und Rienhard hielt ihn fest, mit seinem Smartphone. Dann gingen sie weiter. Der Stammapostel drehte sich um und winkte nochmal hinterher. Dann gingen die vier noch was essen beim Italiener und anschließend zurück ins Hotel. Zur Schlafenszeit wurde verabredet, die Türen zu verschließen, die Handys als Kontaktmittel bereitzuhalten und wenn jemand sich meldet, Türen zulassen. Ein Klopfzeichen wurde noch verabredet. So sollten sie sicher durch die Nacht kommen. Rienhard sprach noch mit Conradt, der hatte aber noch keine neuen Hinweise erhalten.

Am anderen Tag nach dem Duschen und dem Frühstück ging es wieder in den Park. Man hatte jetzt mehr Zeit, sich alles anzuschauen und ins Gespräch zu kommen. Interessant war der Pavillon aus der israelischen Gemeinde Nazareth. Die Jugend in dem Pavillon kamen alle aus Nazareth. Hier war die Hauptkirche in Israel ansässig. Einige Spezialitäten wurden hier auch angeboten. Sehr schmackhafte Datteln zum Beispiel, Nüsse, frisch geerntet, Mandarinen, Avocados, Pflegeprodukte für die Mädchen. Zum Beispiel Meersalz aus dem Toten Meer. Jesus sprach die jungen Leute an und fragte, wo sie denn herkommen. Leider verstand ihn keiner. Das rührte daher, dass die heute hauptsächlich Arabisch und Hebräisch sprachen. Das hörte jetzt Rienhard und stellte den Übersetzer so ein, dass Jesus in Hebräisch sprechen konnte und das in modernes Hebräisch übersetzt wurde. So klappte es. Und so kamen sie sich näher. Sie wunderten sich, dass Jesus noch Aramäisch konnte, und das Althebräisch beherrschte und das neue eben nicht. Scherzhaft sagte Rienhard zu ihnen: Ja, er kommt halt noch aus der alten Zeit. Und dann fragten sie ihn, wo er denn dort wohnte. Ups, er musste nachschauen, wo sein Haus heute stehen würde. An der Josefskirche in der Al-Bishara-Straße. Die war natürlich bekannt, da war schon jeder. Aber keiner hat Jesus und auch seine Vettern noch nie gesehen. Wie hießen die noch? Johannes und Jakobus? Biblisch Namen. Passt zu Jesus, waren doch damals seine Vettern. Und die beiden sind auch Jesu Vettern. Welcher Zufall. Wenn jetzt seine Eltern noch Josef und Maria heißen, dann ist das komplett. Rienhard merkte, was die vorhatten, und zog die Jungs schnell von dem Ort unter einem Vorwand weiter. So verbrachten sie vollends den Samstag. Am Sonntag war dann noch der Gottesdienst mit dem Stammapostel in dem Olympiastadion. Rund 65. 000 Zuschauer waren hier versammelt. Das sollte dann um 10.30 h beginnen. Es war nochmals ein Erleben der besonderen Art. Anschließend Mittagessen und dann ging es wieder zurück mit dem Auto nach Hause, also Rienhards zu Hause. Unterwegs hatte Jesus noch ein paar Fragen an Rienhard. Der antwortete, so gut er konnte. Dass sich hier alles um Jesus drehte, also um ihn, das konnte er ihm dann doch nicht erklären. Vielleicht merkt er es auch selber. Am nächsten Tag ging es dann wieder zurück nach Nazareth zu Jesu Zeit, als er vierzehn war. Könnt ihr nicht ein paar Jahre später landen? Fragte Jesus in die Runde. Nein, sagte

Jakobus, nein, ich will zu meinem jetzt und hier. Dann habe ich genug Zeit, das alles zu verdauen. Jesus lachte. Also kamen sie noch bei Conradt vorbei, um sich nochmals bei ihm zu bedanken und zu verabschieden. Conradt hatte dann Neuigkeiten zu dem Vorfall. Und zwar soll einer der Leute aus 750 Jesu Besuch mitbekommen und hat dann seine Bekannten in München angefunkt haben. Die haben dann alles Weitere inszeniert. War letztlich schon recht dilettantisch geplant und durchgeführt. Es konnte gar nicht gelingen und jetzt hat man alle hinter Schloss und Riegel gebracht. Rienhard und Allister lieferten die drei dann pünktlich bei Maria und Josef wieder ab. Die freuten sich und alle Geschwister mit ihnen, dass alle unversehrt wieder heimgekommen sind. Jesus wäre für ein neues Abenteuer völlig offen. Rienhard machte drei Kreuze und sagte, du, jetzt warte mal ab, was dir noch alles so begegnet.

Gedichte

1. Die Donau

Da links, da kommt sie, die Brigach und da rechts die Breg.
Aus beiden wird die Donau, hier macht sie sich auf ihren Weg.
In Donaueschingen beginnt sie ganz gemächlich, einem Rinnsal gleich. In
Sulina, nach gut 3000 km, endet sie gar mächtig und reich.
Im Schwarzen Meer dann sie verschwindet und mit ihr die vielen Sagen.
Von Menschen umwoben, in Büchern mitgeteilt und breitgeschlagen.

Kurz nach dem leicht spielerischen Werdegang vorbei an Immendingen.
Um ganz heimlich zu verschwinden, aus ihrem Bett entlang bis Hattingen.
In einem dunklen Gang gelingt es ihr, hinunter zu kommen bis zur Aach.
Verbunden mit der fließt sie rüber zum Rhein und lacht.
Mit dem kommt sie dann weit oben im Norden an, im anderen Meer.
Das war lustig und schön, bis sie da oben waren, und sie tobten sehr.

Von den Alpen bis zum Schwarzen Meer.
Von den Donaubergen bis zur Nordsee.
Die Donau, ein Fluss der Freiheit, mit viel Flair.
Um dem Rhein noch ihre Note mitzugeben, ist legendär.
Sie fließen um die Wette, der Rhein schnell und stark,
die Donau gemächlich und besonnen den ganzen Tag.

Viele Namen ziert die Donau. Dunărea, Dunav, Donava und noch mehr.
Jedes Land gab ihr einen, und doch sind sie alle verwandt bis an das Meer.
Alle stammen von dem einen lateinischen Dānuvius ab.
Alle sangen von ihren eigenen Geschichten den Fluss hinab.
Der wurde von den keltischen Stämmen geprägt.
Oft im Zusammenhang mit ihrem Freiheitsverlangen sich trägt.

Das Römische Reich hatte sich über den Lauf der Donau gedehnt,
Seit dem besteht die Donau aus einem Stück an die Römer angelehnt.
Der schwarze Fluss wurde sie auch genannt,
Denn ihr Wasser sah schwarz von dem Fließen durch Wälder ganz elegant.
Am rechten Ufer begleiten sie hohe Gebirge,
am Linken die Kleinen aber auch feinen Amtsbezirke.

Dann umspült die Donau zahlreiche Inseln auf ihrem langen Weg. Der
Obere und der Untere Wöhrde in Regensburg, der Jochenstein.
Die Donauinsel in Wien, die große Schüttinsel, die Margareteninsel in
Ungarn.
Die große Kriegsinsel in Serbien und die Balta Ialomiței in Rumänien.
Schiffe legten hier an und oft war es nur ein schmaler Steg.

Sie brachten ihr Gut für die Menschen, die hier wohnten.
Die, die hier mit ihrer Einsamkeit fronten.

All die Kulturen bei den Anrainern hinterließen ihre Spuren.
Die Donau als Archetyp, als Urform alles Seienden in Fluren.
So manche Lobpreisung ziert sie noch heute.
Und als einer der vier Paradiesflüsse beschreiben sie die Leute.
Noch immer ist es nicht weit zum Paradies, quasi vor der Tür.
Dafür hatten die Menschen schon immer ein Gespür.

In der Musik fand die Donau viel kulturellen Widerhall,
Donauwalzer, Hymnen der Nationen, Donaulieder erschallt.
Viele Dichter, Komponisten fühlten sich vom Donauwasser inspiriert.
Und verhalfen so den Menschen zu sogenanntem Pläsier.
Die Donaumonarchie gab sich ein Stelldichein,
mit viel Tanz, an viel festlicher Gelegenheit im Kerzenschein.

Trotz zahlreicher, teils schwerer Eingriffe der Menschen hat sie sich ihre
Artenvielfalt erkämpft und erhalten.
Besonders sensible Lebensräume wurden geschützt,
und so viele Landschaften und Klimazonen unterstützt.
Zugesetzt hat ihr aber die ständige Erosion auf dem Grund.
Das Sediment nimmt sie mit in das Meer und stopft dem seinen Schlund.

So konnte niemand verhindern, das Ursprüngliche des Liebenswerten.
Das Geruhsame als auch das Stille, was je gelebt wurde von keinem Experten.
Es war immer präsent und es gab immer was her,
niemand konnte nehmen, was sie nicht hatte, auch kein Heer.
Sie zog weiter bis in das Meer nach Sulina wo sie mächtig und groß.
Mit ihm vereinigt. Das war von Anfang an ihr Los.

2. Eine Parodie auf Rilkes Gedicht von Ebbe und Flut

Am Strande von Rilke selbst

Vorüber die Flut.
Noch braust es fern.
Wild Wasser und oben
Stern an Stern.

Wer sah es wohl,
O selig Land,
Wie dich die Welle
Überwand.

Noch braust es fern.
Der Nachtwind bringt
Erinnerung und eine Welle
Verlief im Sand.

Die Wut „eine Parodie"

Vorüber ist die Wut,
Es brodelt noch in der Ferne.
Wilde Gedanken oben und unten sind nicht gut.
Sonne, Mond und alle Sterne schauen zu aus der Ferne.

Es sah und hörte es wohl,
Was da geschah, war Tragödie pur.
Gott, der Herr, der das hat befohlen?
Doch die Wellen überwanden die Kultur.

Dort hinten rumorte es noch lange.
Der Angstschweiß tropft vom Antlitz.
Erinnert wie ein Wortschwall Klänge.
Doch dann alles verlief im Sande, ein Witz?
War das denn nötig?

3. Schattengewächse

Schattengewächse

Ballade

Erster Teil

Im Schatten da wächst ja nichts:
So sagt man immer nach, dem Zwielicht.
Doch schau einmal hin in den Schatten.
Dann erst hörst du die vielen Debatten.

Im Wald, im Garten, auf dem Balkon, am Fenstersims,
Überall Schatten, überall Gewächse, überall Pilgrims.
Und das sind nicht nur Sporen oder Farne.
Es sind viele, die sich als solche Tarnen.

Refrain

Was, im Schatten wächst nichts? Von wegen!
Du hast es nicht gesehen.
Sie peppen auf, sie verschönern, sie sind ein Gewinn.
Wo bleibt denn dein Benimm?

Zweiter Teil

Schattengewächse, das sind nicht nur Farne.
Viele blühen sogar, und das sind keine Seemannsgarne.
Sie blühen in vielen Farben, wie blau und weiß und rot.
Hättest du das gedacht, in deinem Trott?

Sie tragen auch Früchte, wie Brombeeren und Himbeeren.
Dazu auch Blaubeere, die süß und saftig sind und von begehren.
Mensch und Tier naschen gerne von den gesunden Früchten.
Auf dem Waldboden, da muss man nichts züchten.

Refrain

Was, im Schatten wächst nichts? Von wegen!
Du hast es nicht gesehen.
Sie peppen auf, sie verschönern, sie sind ein Gewinn.
Wo bleibt denn dein Benimm?

Dritter Teil

Im Schatten von Bäumen lässt es sich gut aushalten.
Das Laub, es schützt vor Sonne, so bekommst du keine Falten.
Es filtert den Staub und steigert die Luftfeuchtigkeit.
Das Aroma nach dem Regen stärkt das Innere, das es gedeiht.

Schattengewächse, sie sind ein wichtiges Element,
In der Gartengestaltung bringen sie Farbe ohne einen Cent.
In dem Schattengarten entsteht ein Refugium.
Schattenplätze laden zum Verweilen, ruhe rundherum.

Refrain
Was, im Schatten wächst nichts? Von wegen!
Du hast es nicht gesehen.
Sie peppen auf, sie verschönern, sie sind ein Gewinn.
Wo bleibt denn dein Benimm?

Schluss

Schattengewächse,
Ihr seid nicht zu verachten.
Ihr seid ein Geschenk,
Für jeden Balkon und Garten.

Oliver, der Meisterdieb

Der Raub der Kronjuwelen von Großbritannien

Der Herzog von Sussex hatte zurzeit den Auftrag, die britischen Kronjuwelen zu bewachen. Keeper of the Jewel House ist ein Vertreter der englischen Monarchie. In diesem Fall der Herzog von Sussex. Der setzte den Brigadier für diesen Posten ein. Ein Brigadier ist der höchste Nicht-Generalsrang. Dieser Brigadier sollte dem Herzog verantwortlich sein für die Kronjuwelen. Er kannte ihn aus seiner Zeit beim Militär. Der bekam eines Tages den Hinweis, ein Anschlag auf die Juwelen sei geplant. Die Kronjuwelen schienen sicher im Tower von London. Aber was ist heute noch sicher. Sicherheitshalber meldete er es seinem Chef. Der berief sofort eine Versammlung aller zuständigen Instanzen zur Beratung auf seinen Sitz nach Sussex ein. Laut deren Berichten ist der Innenraum des Towers uneinnehmbar. Die Juwelen selbst sind im Inneren eines Raums mit einer 50 cm dicken Betonmauer eingelagert. Gesichert mit elektronischen Modulen und zusätzlichen Gerätschaften. Also, von außen kommt keiner an die Juwelen heran. Dachten sie. Es gab einen zweiten Hinweis, wie nobel. Ein angekündigter Raub. Der Duke von Sussex, so wurde er offiziell genannt, war vorsichtig, denn Vorsicht ist die Mutter der Porzellankiste, heißt es im Deutschen. Herzog und Brigadier berieten sich. Sie kamen zu dem Schluss, die Klunker vorübergehend anderswo unterzubringen. Unter Ausschluss der Öffentlichkeit. Den Ort fanden sie in Sussex, dort im Schloss war Platz und genügend Sicherheit. Ein zusätzlicher Posten sollte den Schatz auch bewachen. Der Brigadier plante den Umzug unter strengster Geheimhaltung. Nur die vertrauteste Umgebung wurde informiert. Die Königin und ihr Mann, der Premier und ganz enge Mitarbeiter. Anfang März war es so weit, der Schatz sollte nach Sussex überführt werden. Zuvor kam noch ein dritter Hinweis auf den bevorstehenden Raub. Herzog und Brigadier bekamen es jetzt mit den Nerven zu tun. Das war schon verwegen. Auf diese Art und Weise auf sich aufmerksam zu machen. Der englische Geheimdienst nahm die Arbeit auf. Der versuchte, die Herkunft der Info zu entschlüsseln, gelang aber nicht. Er landete irgendwo hinter dem Mond. Da war nichts. Die Vorbereitungen zum Umzug liefen. Dabei wurden alle Aktivitäten um und im Tower genaustens beobachtet. War etwas Ungewohntes, wurde sofort nach Grund und Ursache geforscht. Derweilen wurde der Schatz eingepackt. In verschiedene Behälter aus Aluminium. So konnten sich die Juwelen nicht verraten. Das Ganze dann nochmals in verschiedene Behälter luftdicht verschlossen. So wurde der Schatz verteilt und über mehrere Tage sollte er nach Sussex verbracht werden. Also der ganze Schatz konnte so nicht entwendet werden. Über zwei Wochen hinweg, an jedem Tag ein Behälter, wurde der Schatz in das Schloss von Sussex überführt. Bewohnt wurde das Schloss von dem Duke of Norfolk. Er ist der höchstrangige Duke von England. Und er war auch einverstanden mit der Entscheidung des Duke von Sussex, den Schatz hier einzulagern, vorübergehend. Der Schatz wurde ohne Komplikationen überführt. Hat auch keiner damit gerechnet. In der dem Schloss war er sicher, da das Mauerwerk sehr dick war und zusätzliche Sicherungen angebracht wurden. Elektronische Sicherungen. Zum ersten Mal wurde künstliche Intelligenz dafür eingesetzt. Tag und Nacht wurden die Juwelen bewacht. Beide Duke hatten ein gutes Gefühl, dem Schatz konnte nichts passieren. Ja, und dann passiert es doch. Nachdem alles seinen Gang zu gehen schien, kam es an einem Tag um die Mittagszeit zu einem Angriff auf das Castle. Eine Rakete schlug genau über dem Sitz des Schatzes ein. Die Rakete explodierte wie eine Atombombe mit einem aufsteigenden Pils. Ein riesiger Krater wurde geschlagen. Es landete ein Hubschrauber darin und bis alle sich von dem Schreck erholt hatten, war der Hubschrauber mit samt dem Schatz verschwunden. Augenblicklich wurde die Luftwaffe alarmiert und ein paar Jäger stiegen auf. Auf dem Radar vom Flughafen in London wurde noch der Hubschrauber ermittelt. Als die Jäger aber dort hinkamen, war nichts mehr zu sehen. Dann ein Blitz und noch ein Blitz. Zwei der Jäger waren getroffen und stürzten zur Erde. Die Piloten konnten sich nicht mehr befreien. Die Übrigen wurden sofort zurückbeordert zu ihrer Einheit. Völlig geschockt von diesem Angriff kamen die Heeresführer zu der Einsicht, sie konnten nichts tun. Sie versuchten noch, den Hubschrauber auszumachen, aber der tauchte nicht mehr auf.

Der war mittlerweile gelandet und die Kisten wurden an Bord eines unscheinbaren Frachters gebracht. Und der fuhr jetzt in aller Seelenruhe zu seinem ihm bestimmten Ziel, irgendwo ein Hafen in der Ostsee in Russland, St. Petersburg. Und dann verschwinden seine Spuren mit samt dem Schatz.

Der Duke von Sussex und der von Norfolk vereinbarten strengstes Stillschweigen von dem, was hier passiert ist. Nichts durfte nach außen dringen und vor allem musste nun ganz schnell reagiert werden. Die Explosion konnte erklärt werden. Eine Übung zur Abschreckung oder so irgendwas. Der Schatz musste zurückgeholt werden, so schnell als möglich, sonst ist er eingeschmolzen und dann unauffindbar. Einen James Bond gibt es nicht, der hätte vielleicht helfen können. Auch sonstige Supermänner sind recht rar. Die Comics, in denen die sich tummeln, wissen auch keinen Rat. Aber wie es immer so ist, gibt es immer irgendwelche Leute, von denen gesagt wird: Die kennen einen, der einen kennt, von dem er weiß, dass der einen kennt, der und so weiter und so fort. Und so einen gab es bei Scotland Yard. Der hatte von einem finnischen Kollegen gehört, wie jemand in Lausanne von einem Oligarchen aus einer Villa einen Schatz gestohlen hat. Es war letztlich eine tragische Geschichte. Aber der Schatz wurde von den Stadtvätern dort damals vor Turku abgeholt. Man beschloss, dem nachzugehen. Und der Mann setzte sich mit seinem Kollegen in Turku in Verbindung. Er erinnerte sich noch gut daran. Dann gab er die Adresse durch. Oliver aus Konstanz. Mehr hatte er nicht. Aber Scotland Yard fand seine Adresse heraus, hielt sie aber geheim. Die Dukes wurden informiert und sie gaben grünes Licht für den Kontakt. Und hier musste man sehr vorsichtig sein nicht, dass der Feind etwas mitbekommt.

Oliver wird kontaktiert

Eine absolut sichere Möglichkeit zur unerkannten Kontaktierung gibt es nicht. Also gehört auch Glück dazu, unerkannt zu bleiben. Oliver war dazu ausgerüstet. Er verwendete für den Nachrichtenaustausch eine spezielle App. Die verschlüsselte alle Nachrichten. Vor der Nachricht erhielt er einen Ping, der ihn auf die Nachricht aufmerksam machte. Und so bekam Oliver die Nachricht von Scotland Yard auf seinem Messenger. Achtung, Kronjuwelen entwendet, schnelle Suche und Rückführung erforderlich. Oliver antwortete sofort darauf. Zehn Prozent vom Wert und eine Anzahlung in bar von fünf Prozent. Die Antwort war nein, das geht nicht, aber er wird zufrieden sein. Der Schatz ist solide versichert. Anzahlung auf welches Konto? Oliver gab sein Konto der Post in Lübeck an. Dann erhielt er grünes Licht. Er forderte noch ein paar Infos zu dem Schatz an, wie Größe, welche Merkmale, welche Stücke enthalten sind. Und er brauchte noch als Hinweis auf die möglichen Täter, wie und wo die Juwelen entwendet wurden. Er bekam sogar den Standort mitgeteilt. Die Juwelen in den Kisten waren mit Peilsender bestückt. Er nahm den nächsten Zug nach Lübeck. Von dort aus konnte er am besten operieren. So wie sich der Bruch zugetragen hatte, konnten es nur Täter aus dem östlichen Raum sein. Der Bruch wurde brutal ausgeführt. Es wurde sich nicht gescheut, mit Atomsprengköpfen zu arbeiten. Es waren kleine, und das war auch deren Vorteil, Raketen. Die konnten überall mitgeführt werden. Notfalls auch im Körper. Der innere Hof vom Urendal Castle war vollständig zerstört, die Wachen fand man nicht mehr. Auch sonst war drumherum jetzt auch noch alles verstrahlt. Also wusste Oliver jetzt, was auf ihn zukommen könnte. Letztlich auch sein Tod. Aber er würde sich so gut als möglich zu schützen wissen. Am anderen Tag kam er nach Lübeck und quartierte sich in seiner gewohnten Umgebung ein. Hier begann er zu planen und sich noch mit verschiedenen Gegenständen einzudecken. Etwas war ihm besonders wichtig. Er müsste sich quasi unsichtbar machen können. Und er brauchte eine Transporthilfe, denn der Schatz wog schon etliche Kilos. Und er musste schnell sein, denn die Juwelen mit all dem Gold könnten sehr schnell eingeschmolzen werden. Sie sollten nach Möglichkeit in der bisherigen Form an ihren Ort zurückkommen. Das Zurückkommen war auch noch wichtig. Oliver sendete das Datum und den Ort an seinen

Anfrager zurück. Voraussichtliche Abholung am Dienstag, den 07. März ab 22 Uhr auf der Insel vor Turku. Genauer Standort kommt noch. Scotland Yard fiel die Kinnlade runter und dachte sich sein Teil. Aber was blieb auch anderes übrig. So, und jetzt musste er den Verbleib vom Schatz ausfindig machen und seine Transportprobleme lösen. Zum 1. Problem: Unsichtbar machen. In Form von Tarnfolien und Tarnschildern ist es Unternehmen mit ähnlichen Verfahren schon gelungen, Personen und Gegenstände unsichtbar zu machen – oder zumindest vor dem bloßen Auge zu verstecken. Eine Lösung stammt von Hyperstealth, einem kanadischen Hersteller von Tarnuniformen. Quantum Stealth nennen sie dort ihr Material, eine Art durchsichtiger Schirm, in dem viele Linsen nebeneinander angeordnet sind. Das benutzte auch Oliver. Er bekam es von einer Lübecker Firma ausgeliehen, praktisch als Testperson. Er kannte jemanden aus der Firma. 2. Problem: Transporthilfe. Um den Schatz abzutransportieren, benötigte Oliver für die rund eine Tonne schweren Juwelen eine entsprechende Hilfe. Und zwar von dem Lagerort nach draußen und dann in einen Container, der dann abgeholt werden konnte. Das Ganze musste überwacht und koordiniert werden. Das war dann sein Part.
Und zum Schluss noch nach Turku gebracht werden. Ohne Aufsehen. Dann noch den Flug buchen. Von Hamburg nach Tiflis, nur Hinflug mit Stopp in Warschau. Morgens in Tiflis und dort in Hotel einbuchen. Im Hotel Jazz bis Sonntag. Ab da muss Oliver weiter recherchieren. Der Schatz wurde in der Villa von Putin geortet. Am Kap Idokopas.
Oliver konnte Russisch und das wurde ihm jetzt zur Hilfe. Er checkte am anderen Tag schon wieder aus und fuhr dann mit einem Mietauto die 800 km bis Gelendschick. Die Route führte an der Küste entlang. Den Ort suchte er sich aus, weil er am nächsten zur Villa Putins lag. Von dort aus konnte er alles Weitere planen. Das Imperialhotel war geeignet. Von dort aus konnte er planen und organisieren. An der Rezeption musste er seinen Reisepass vorlegen. Oliver wusste, dass seine Daten sofort abgefragt würden. Also nahm er seinen offiziellen Reisepass zur Vorlage. Daraus konnte wenig geschlossen werden. Allerdings konnten sie den Weg nach Konstanz zurückverfolgen. Das war ihm unangenehm. Aber damit musste er leben. Es waren noch weitere Fragen auszufüllen. Praktisch sein ganzes Leben mit Werdegang in Kurzform. Für ihn auch kein Problem. Oliver gab an, dass er auf Reisen sei und er noch in den Iran möchte. Nach Täbris, einer alten Stadt im Iran. Er musste noch sein Barvermögen angeben und dann konnte er in sein Zimmer einziehen. Am nächsten Tag fuhr Oliver nach Idokopas, um sich vor Ort ein Bild zu machen. Die Villa war schon eher ein Luxusschloss, das Putin sich hat bauen lassen. Neuerdings lässt er sagen, dass nicht er der Bauherr war, sondern einer seiner Oligarchen. Egal, der Schatz wurde dort geortet. Als Touri schaute Oliver sich das Schloss von innen an. Dabei fand er an einer Infotafel eine Stellenausschreibung für den IT-Bereich des Anwesens. Ein IT-Spezialist wurde gesucht. Oliver rief die Nummer an, die auf dem Zettel stand. Auf Rus-

sisch: Privet? Menya zovut Oliver, i ya zvonyu po povodu raboty. Ono vse yeshche dostupno? Da, idi v komnatu s drugoy storony. Auf Deutsch: Hallo? Mein Name ist Oliver und ich rufe wegen der Arbeit an. Ist es noch verfügbar? Ja, geh in den Raum auf der anderen Seite. So kam Oliver unverhofft an einen Job im IT-Bereich des Schlosses. Nach den üblichen Spielchen mit woher kommst du und wohin gehst du, wurde er sofort an seinen neuen Arbeitsplatz geführt. Natürlich kannte Oliver das System, war nichts Besonderes. Kam aus China. Aber diese Systeme waren allesamt Raubkopien. Damit solch einen Schatz zu sichern, ist schon reichlich verwegen. Das System war von QAX, einem Emporkömmling im Zuge der neuen Cibersekuritysysteme. Auf den ersten Blick die Handschrift von Chiphron, eine Cibersekurity aus Österreich. Hier stark abgespeckt. Da die Russen aber keine Schulung hatten und seit dem Krieg alle Ausländer rausgeschmissen hatten, brauchten sie jetzt dringende Unterstützung. Aufgabe war es, den Schatz zu schützen, wie auch alle Wertgegenstände im Schloss. Und das waren auch nicht wenige. Für Oliver aber eine willkommene Abwechslung. So bekam er ja Einblick in das Sicherheitssystem. Als Erstes wurde ein Codeaudit anberaumt. Oliver leitete das zusammen mit einem Major, der konnte übersetzen, was Oliver nicht parat hatte. Gleich am nächsten Tag wurde damit begonnen. Es war wichtig, um die Schwachstellen im System analysieren zu können. Und da kam schon einiges zum Vorschein. Eben der Nachteil von Raubkopien. Es gibt jede Menge Schwachstellen. Die mussten ausgemerzt werden. Oliver machte sich sofort an die Arbeit und analysierte das Sicherheitsprogramm. Anschließend gab es dann ein Sicherheitsaudit. Die Zuständigen mussten ihre Arbeitsweise offenlegen und anschließend unter seiner Anleitung neu formieren. Dabei merke Oliver auch, dass die Arbeitsweise der Russen anders geprägt war, als er es von der Deutschen gewohnt war. Erstens wahren sie sehr misstrauisch ihm als Deutschen gegenüber, zweitens nahmen sie ihre Arbeit nicht sonderlich ernst. Aber ihre Seele geht so weit wie ihr Land. Ihr Land ist unfassbar groß. Und es heilt alle Wunden, hat man den Eindruck, wenn man sie so arbeiten sieht. Daher auch ihre Sorglosigkeit. So musste Oliver zu Werke gehen, ohne dass sie Verdacht schöpfen konnten, er wäre einer, der gegen sie agiere. Oliver bekam durch sein Verhalten sehr schnell Zuspruch von den Russen. Sie mochten ihn. Das ist auch ein Merkmal der Russen. Sie sind sehr freundlich und umgänglich. Für Oliver war das wichtig, denn er musste an den Schatz kommen. Er nutze die Kollegen dahingegen aus, sein Ziel zu erlangen. Und das erreichte er. Einmal am Tag wurde kontrolliert und bei dieser Kontrolle durfte er dabei sein. So kam er an den Schatz und konnte die Sicherung anschauen. Es war eine Katastrophe. Mittlerweile sind auch schon drei Tage vergangen und es wurde langsam Zeit, den Schatz zurückzubringen. Sein Auftraggeber fing schon an, zu drängeln. Also fasste er einen Plan. Zunächst musste der Schatz da raus. Das war gut zu argumentieren, denn er war hier nicht wirklich sicher. Und auch in Russland gab es Juwelen-

diebe. Der Schatz musste transportiert werden. Dazu war ein Container am besten geeignet. Im Schlossgarten wurde eh gerade viel gebuddelt und für den Frühling vorbereitet. So ließ Oliver zwei gleiche Container anliefern. Die wurden zum einen für Abfälle benötigt und zum anderen für den Abtransport der Kronjuwelen. Der Schatz lag unter der Eishockeyhalle versteckt. Neben dran zwei Hubschrauberlandeplätze. So wurde es jetzt abgesprochen. Mit einem Hubschrauber sollte der Schatz rüber zum Schloss auf der Krim, dem Schwalbennest, verbracht werden. Hier würde ihn niemand vermuten und das Felsengewölbe ließ kaum einen Diebstahl zu. Die Sicherungseinrichtung hielt sich damit in Grenzen. Ein paar Kameras und Bodenlaser. Die Tür aus Stahl war auch nicht so leicht zu öffnen. So wurde der Plan umgesetzt. Die Container wurden geliefert und neben der Eishalle aufgebaut. Gegen Abend dann, unter hohen Sicherheitsvorkehrungen, kam der Schatz in einen der Container. Nur Oliver und der Major wussten, in welchen. Der Schatz wog insgesamt gut eine Tonne. Dann kam der Transporthubschrauber und holte den Container ab. Oliver und der Major stiegen mit ein. Der Hubschrauber hob ab und flog in Richtung Krim. Kurz vor Alupka drehte der Pilot vom Hubschrauber in Richtung Constanta. Eine Hafenstadt in Rumänien. Der Major merkte den Kurswechsel aber zu spät. Er fiel aus dem Hubschrauber runter in das Meer. Man hörte nie wieder etwas von ihm. Nun noch nach Constanta, unbemerkt, und der erste Teil war geschafft. Der Hubschrauberpilot wurde von Oliver gekauft. Er setzte noch den Container und Oliver im Hafen ab und flog zurück. Er behauptete, von Oliver bedroht worden zu sein. Sei es drum, interessierte nicht mehr. Im Hafen von Konstanza erhielt Oliver eine Möglichkeit, per Schiff den Schatz zurück nach Sussex zu bringen. Das sollte ca. 12 Tage dauern. Und dann noch die Überfahrt nach Sussex. Somit war alles im März noch zu machen. Aber es durfte nichts dazwischen kommen. Und Finnland war auch gestrichen. Das funkte Oliver dem Scotland Yard. Und erhielt grünes Licht. Die Rückfahrt konnte beginnen. Ein Vorteil hatte das Ganze. Und der war sehr wichtig für Oliver. Niemand vermutete den Schatz an Bord eines Schiffes, das nach Rotterdam unterwegs war. Es waren schon mal Hubschrauber unterwegs, aber die drehten alle wieder ab. Und es war auch wichtig, den Schatz mit Aluminium abzudecken. Dadurch konnte er auch nicht geortet werden. Im Ärmelkanal wurde der Schatz dann von der englischen Marine übernommen. Oliver wurde aufgefordert, mitzukommen. Machte er auch. Der Diebstahl wurde nicht an die große Glocke gehängt, verständlicherweise. Trotzdem erhielt Oliver eine Ehrung. Er erhielt den Ritterorden von Großbritannien und durfte sich ab sofort Sir nennen. Und er bekam eine fürstliche Entlohnung. Damit könnte er sich nun zur Ruhe setzen. Er dachte darüber nach.
Sir Oliver, der Meisterdieb, hatte seinen letzten großen Coup erfolgreich gemeistert. Die Kronjuwelen waren sicher zurück in Großbritannien, und der Herzog von Sussex konnte aufatmen. Doch auch Oliver, der einstige Dieb, hatte genug von seinem riskanten Leben.

Mit der fürstlichen Entlohnung in der Tasche überlegte er sich, wie er seinen wohlverdienten Ruhestand gestalten könnte. Die Welt stand ihm offen, und er träumte von fernen Ländern, exotischen Abenteuern und vielleicht sogar einer ruhigen Hütte in den Bergen. Seine Tage als Meisterdieb sollten nun der Vergangenheit angehören.

Während er über seine Zukunft nachdachte, erinnerte er sich an all die aufregenden Geschichten und Legenden, die er selbst geschaffen hatte. Sir Oliver, der Meisterdieb, war nun bereit, eine neue Geschichte zu schreiben - eine Geschichte von Frieden, Ruhe und vielleicht sogar von einem unerwarteten Glück, das am Ende seines aufregenden Lebens auf ihn wartete.

Und so verabschiedete sich Sir Oliver von seinem Leben als Schatten in der Nacht und begab sich auf die Reise zu neuen Horizonten, bereit für das, was das Leben ihm noch zu bieten hatte. Der einstige Dieb konnte nun ein neues Kapitel beginnen, und wer weiß, vielleicht würde seine Legende weiterleben, wenn auch in einer ganz anderen Form.

Wer hat Angst vor dem bösen Wolf

Angst ist eine biologisch sinnvolle Reaktion auf eine Gefahr oder Bedrohung. Sie mobilisiert Energie für Kampf oder Flucht und sorgt dafür, dass wir Situationen vermeiden, die uns riskant erscheinen. Im Lauf der Evolution haben sich vor allem Ängste vor bestimmten Tieren wie giftigen Schlangen als Überlebensvorteil erwiesen, sodass der Mensch noch heute dazu neigt, sich eher vor diesen Tieren zu fürchten als etwa vor Rasiermessern.

Roland chattete im Facebook gerne mit den vermeintlichen Antidemokraten fleißig mit. Was die Rechten oder auch die Linken alles von sich gaben, das lächerte ihn doch schon sehr. Er selbst war in der Mitte angesiedelt. Damit war er sehr zufrieden. Auch wählte er gerne die Christdemokraten für Deutschland, aber die freien Wähler in den regionalen Wahlen. Und so machte er alles andere in den sozialen Medien gerne nieder. Da gab es dann die Vollpfosten, die gar keine Ahnung haben, die mit dem goldenen Waffeleisen beschenkten, die bar jedes Einsehens ihre Mitmenschen beackerten und auch sonst so manchen Troll, der sich im Gestrüpp seiner eigenen Meinung derart verlaufen hat, dass er nicht mehr zurückfindet. So ging das den Tag über Hin und Her. Man beschimpfte sich und andere und am Ende wusste man nicht mal mehr, worum es überhaupt ging. Mal um den Bundeskanzler, mal um den Vize, mal um den einen und auch um den anderen. Bis auf den Teil, als einer der Akteure Morddrohungen aussprach. Gegen Politiker. Ab da wurde es sehr ernst. Roland bemerkte e dies auch bei seinem Chat mit der entsprechenden Person. So geht das aber nicht, sagte er dem. Drohungen sind tabu. Ansonsten gibt es für Dich ein gepflegtes Waffeleisen. Ouhh, das war wohl daneben gegriffen. Der Angesprochene explodierte förmlich. Und jetzt beschimpfte er Roland auf das Übelste. Was er sich einbilden würde und das seine Rentennummer bekannt wäre und die Hunde schon mal in Stellung gehen würden. Und das machte Angst. Sehr viel Angst. So viel Angst, dass Roland schnell zurückruderte. Er entschuldigte sich für seinen Ausrutscher und zog sich aus dem Chat zurück. Ein paar Tage später, es war in der Nacht, schaute Roland zum Fenster hinaus in den Garten. Gerade wollte er schlafen gehen. Er traute seinen Augen nicht. Lichtkegel im Garten, auf der Straße ein SUV, mehrere Gestalten huschten um das Haus. Roland erstarrte vor Angst. Mühsam und zittrig holte er sein Handy und wählte die 110. Polizei. Er schilderte, wo er wohnt und was er sah und das er Angst hatte. Die Polizei versuchte, ihn zu beschwichtigen. Gelang aber nicht. Roland regte sich noch mehr auf. Aber die Polizei wollte nichts unternehmen. Erst wenn sich jemand an der Tür zu schaffen macht oder am Fenster, erst dann würden sie kommen.

Ein Unfall – aus verschiedenen Sichten

Was passierte an diesem Tag

An einem Mittwochmittag, so gegen halb eins, wurde die Kreissparkasse von Friedrichshafen von einem Bankräuber überfallen. Die Kreissparkasse der Charlottenstraße. Der Täter erbeutete eine ziemlich große Summe, ca. 500.000 Euro. In der Bank ging alles blitzschnell. Als der Täter dann herauskam und in sein Auto mit laufendem Motor sprang, war die Polizei schon zu hören. Der Räuber gab Gas und floh. Die Polizei war schon dicht hinter ihm. Verzweifelt suchte er zu entkommen. Er fuhr die Charlottenstraße runter bis zur Kreuzung Ailingerstraße. Dort wollte er abbiegen. An der Kreuzung steht eine Ampelanlage. Die zeigte Rot und trotzdem überfuhr er sie. Es krachte. Das Hindernis war ein Transporter, der von rechts kam und links in die Charlottenstraße einbog. Fußgänger überquerten die Straße von beiden Seiten. Der Transporter wurde über die Kreuzung geschoben und fiel auf die rechte Seite. Eine Fußgängerin wurde unter dem Transporter begraben. Sie war versehentlich bei roter Fußgängerampel losgelaufen, ihr Handy im Visier. Sie verstarb noch an der Unfallstelle. Alle anderen Beteiligten kamen mit dem Schrecken davon.
Der Räuber wurde festgenommen. Er war nur leicht verletzt. Als Unfallverursacher der Klassiker. Ihm ist nichts passiert, aber einer beteiligten Person schon. Die ist jetzt tot. Die Beute wurde sichergestellt. Sie lag auf der Straße in einer Sporttasche. Die anwesenden Passanten wurden von der Polizei nach dem Hergang des Unfalls befragt. Die Beschreibungen der Leute vielen sehr unterschiedlich aus.
Zeuge Nummer 1 Frau Müller.
Polizistin: Frau Müller, können Sie uns bitte erzählen, was Sie gesehen haben?
Frau Müller: Ja, gerne. Ich stand am Straßenrand und wartete auf die Fußgängerampel. Sie schaltete auf Grün und ich wollte über die Straße gehen. Man ist ja Vorbild, vor allem für Kinder, wissen Sie. Viele gehen ja schon, bevor die Ampel schaltet.
Polizistin: Und dann?
Frau Müller: Da hörte ich ein Martinshorn. Ich schaute mich um, aber ich konnte nicht sehen, woher es kam. Eine Frau lief vor mir und war schon halb über die Straße.
Polizistin: Und dann?
Frau Müller: Dann krachte es plötzlich. Ich drehte mich um und sah, dass ein Auto auf die Kreuzung gefahren war. Es kam auf mich zu und ich sprang zur Seite nach hinten.
Polizistin: Und die Frau?

Frau Müller: Die arme Frau muss wohl unter das Auto gekommen sein. Ich konnte sie nicht mehr sehen. Es lagen überall Sachen herum, Glas, Metall, Pakete. Die Kreuzung war total zu.

Polizistin: Was haben Sie dann gemacht?

Frau Müller: Ich habe mich hinter einen Laternenpfahl gestellt, um nicht verletzt zu werden. Dann kam die Polizei mit einem Großaufgebot.

Polizistin: Haben Sie die Fahrer der beiden Unfallwagen gesehen?

Frau Müller: Nein, leider nicht. Wie die aussahen und was die an hatten, kann ich nicht mehr sagen. Außerdem bin ich kurzsichtig. Meine Brille liegt im Auto.

Polizistin: Vielen Dank für Ihre Aussage, Frau Müller.

Frau Müller: Bitte. Ich hoffe, dass der Frau geholfen werden kann.

Polizistin: Frau Müller, ich nehme Ihre Hinweise sehr ernst. Ich möchte Sie bitten, zur Protokollierung heute Nachmittag auf unser Revier am Bahnhof zu kommen. Dort können wir Ihre Aussage in Ruhe aufnehmen und gegebenenfalls ergänzen.

Zeuge Nummer zwei, Herr Engelbrecht, erzählte der Polizistin: Ich hab das alles kommen sehen. Schon heute Morgen, auf dem Weg zur Arbeit, ist mir fast ein Radfahrer reingefahren. Und hier fahren viele Radfahrer. Große und Kleine. Und die fahren kreuz und quer. Man muss ständig aufpassen. Und jetzt das hier. Der kam ja mit einem Affenzahn angerauscht, als wäre er auf der Flucht. Der hat ja gar nicht auf die Ampel geachtet. Das war volle Absicht. Ein Terrorist. Sieht auch schon so aus. Zum Glück bin ich nicht über die Straße. Meine innere Stimme sagte zu mir, bleib stehen. Also blieb ich stehen. Mein Handy klingelte auch noch. Meine Frau. Oh, der muss ich noch Bescheid sagen. Ja, also wäre es das, ich muss weiter.

Die Polizistin bestellte Herrn Engelbrecht für den Nachmittag auf das Revier ein. Der sagte zu und verabschiedete sich von der Polizistin.

Als dritte Zeugin wurde Frau Maier von der Polizistin befragt:

Ja, die Frau neben mir war schon so aufgeregt an der Ampel. Sie trat von einem Bein auf das andere. Sie hatte es wohl eilig. Und dann der Mann auf der anderen Seite. Dauernd lachte er rüber. Das war schon peinlich. Der alte Sack. Was bildet der sich ein? Dabei wollte ich nur eine Flasche Wein da im Weindepot holen. Ich musste vor der Fahrradwerkstatt da drüben parken. Das hat man davon, Parken in Friedrichshafen ist schon Glückssache. Was, da ist eine Frau unters Auto gekommen? Nein, habe ich nicht gesehen. Was der Fahrer angehabt hat? Weiß ich nicht. Ich habe keinen Fahrer gesehen. Wenn ich das heute Abend meinem Mann erzähle, der wird staunen. Frau Maier wurde nicht auf das Revier einbestellt. Ihre Aussagen waren doch zu vage dazu. Sie unterschrieb das Protokoll vor Ort.

Zeuge Nummer 4, Herr Zeigmichel, sagte der Polizistin:

Ich persönlich denke, es war ein politischer Unfall. Der Fahrer in dem blauen Kleinwagen hat ja angenommen, dass er ein Fahrzeug auf der Kreuzung treffen musste. Und damit hat er auch das Unglück herbeigeführt. Und so, dass er möglichst keine Schuld hat. Die Polizei im Hintergrund hat ihn irritiert. Er wollte Platz machen, wusste aber nicht, woher die Sirene kam. Also Gas und weg und fertig. Die nette Frau, auf der anderen Seite, kann das bestimmt bestätigen. Sie schaute immer zu mir herüber. Aber politisch gesehen gehört diese Kreuzung hier längstens entschärft. Will man aber nicht. Man glaubt ja immer, die Leute sind eigenverantwortlich und fahren hier vorsichtiger. Sieht man ja, was passiert. Sie sind nicht eigenverantwortlich. Die Stadt spart mal wieder am falschen Fleck. Wohin das führt, sieht man nun. Gut, ich muss weiter, wenn wir es denn haben.

Polizistin: Sie haben ja Recht Herr Zeigmichel. Verantwortung liegt immer bei den Anderen. Vielen Dank für Ihre Darstellungen, bitte noch das Protokoll unterschreiben, dann können sie gehen.

Der Unfall ist ein tragisches Ereignis, das das Leben einer Person kostete. Die Familie der Verstorbenen trauert um ihren Verlust. Der Bankräuber wurde festgenommen und muss sich jetzt vor Gericht verantworten.

Es zeigt auch, wie schwer es die Polizei hat, einen Vorgang wahrheitsgemäß zu rekonstruieren. Das ist nur ein Beispiel von vielen. Oftmals wird nur gelogen. Die Polizei kommt aber nach ihren Methoden immer zur Wahrheit. Das ist wichtig. Dafür Chapeau claque, bravo.

Australien - im Schatten des Barriereriffs

Das Great Barrier Reef, wörtlich übersetzt: Großes Barriereriff vor der Nordostküste Australiens ist die größte zusammenhängende Ansammlung von über 2900 einzelnen Korallenriffen der Erde. Im Jahr 1981 wurde es von der UNESCO zum Weltnaturerbe erklärt und es wird auch als eines der sieben Weltwunder der Natur bezeichnet. Im Laufe seiner Evolution ist es auf eine Länge von gut 2300 km angewachsen und erreicht dabei eine Ausdehnung vom 10. bis 24. südlichen Breitengrad. Der britische Seefahrer James Cook erblickte als erster Europäer das Riff (1768 - 1771). In den Gewässern des Riff liegen über 1000 Inseln verstreut. Die Fläche des Riff beträgt ca. 347.800 qkm und kann mit bloßem Auge vom Weltraum aus gesehen werden. Das Riff leidet zum sechsten Mal seit 1998 an einem großflächigen Korallenbleicheereignis. Ursache der Bleiche sind gestiegene Meerestemperaturen; diese sind eine Folge der globalen Erwärmung. Die Bleiche verlangsamt Wachstum und Vermehrung und begünstigt häufigere Krankheiten der Korallen. Besonders „ernst bis extrem" betroffen sind die Riffe zwischen Cairns und Mackay, die bis zum Beginn der COVID-19-Pandemie in Australien (März 2020) von vielen Touristen besucht wurden. Die durchschnittliche Meerwassertemperatur in der Region ist rund 1,5 Grad höher als vor 150 Jahren. Natürlich gibt es auch andere schädliche Einflüsse auf die Korallen außer der Erderwärmung. Da ist der Ausbau des Kohlehafens an der Küste, die Umweltverschmutzung durch Schiffe, die schon mal auf Grund laufen, die Kunststoffpartikel, der Tourismus und vieles mehr. Es gibt auch natürliche Fressfeinde wie den giftigen Dornenkronenseestern. Die Existenz des Great Barrier Reefs sowie seiner großen Biodiversität ist durch den anthropogenen Treibhauseffekt sowie die dadurch einhergehende Veränderung der Gewässerchemie der Ozeane erheblich bedroht: Zwischen 1985 und 2012 ging die Korallenbedeckung von 28 auf 13,8 Prozent zurück; ein weiterer Rückgang auf fünf bis zehn Prozent binnen zehn Jahren gilt infolge des Treibhausgasausstoßes als wahrscheinlich. Wenn Korallenriffe wie das Great Barrier Reef auch in Zukunft weiter existieren sollen, sind sehr schnell wirksame Klimaschutzmaßnahmen für eine rasche Bekämpfung der globalen Erwärmung notwendig.

Ende August 2019 stufte Australien die Perspektive des Great Barrier Reefs auf das niedrigste Niveau zurück – von „schlecht" auf „sehr schlecht".

2022 haben Forscher allerdings das stärkste Korallenwachstum seit 36 Jahren festgestellt. Dieses Wachstum liegt vorwiegend an der empfindlichen Steinkorallengattung Acropora und kann daher schnell wieder aufhören.

Freiwilligendienste und Auslandspraktika für den Korallenschutz und den Regenwald, um zu verhindern, dass diese Zerstörung anhält, hast du jetzt die Möglichkeit, dich freiwillig für den Schutz der Korallenriffe zu engagieren. Mit deiner Hilfe können die Meeresschutzorganisationen ihren Teil dazu beitragen, die Zerstörung der Korallenriffe rund um die Welt aufzuhalten. Wir geben dir hier alle notwendigen Informationen über die Bedrohungen, denen die Korallenriffe ausgesetzt sind, wo Freiwillige die Meeresschutzprojekte zum Erhalt der Korallenriffe unterstützen können und wie deine Aufgaben als Freiwilliger aussehen werden.

Peter las diesen Artikel in einer Zeitschrift bei seinem Zahnarzt. Mit seinen 32 Jahren hatte er schon eine Ehe hinter sich. Er wurde gerade geschieden. Kinder gab es keine. Als Volontär einer Zeitschrift war er viel unterwegs und seine Frau als Model auch. So gab es eh kein Familienleben. Sie trennten sich in gegenseitigem Einvernehmen. Peter suchte nun nach einem neuen Ziel. Und das schien ihm jetzt recht zu kommen. Freiwilliger für den Korallenschutz. Weitab vom Alltäglichen. Neue Erfahrungen sammeln. Doch damit konnte er sich anfreunden. In Australien. Tauchen sollte man können. Also, wo kann man tauchen lernen. Direkt vor Ort. Dort gibt es auch Tauchschulen. Schnell hatte Peter was Passendes gefunden. Ein 5-Tage-Kurs war erschwinglich. Und mit dem Tauchschein kann man überall tauchen gehen. Und anschließend als Freiwilliger am Barrier Reef mithelfen. Peter fand das eine super Idee. Er kontaktierte den Verein Freiwilligenarbeit in Australien. Seine Zeitung sponserte ihm auch noch mit einer Beteiligung. Dafür solle er dann auch regelmäßig Bericht erstatten. Und so kam es. Peter flog nach Australien, machte seinen Tauchkurs und ging anschließend zur Freiwilligenarbeit am Barrier Reef.

Christine hat ihr Studium zur Biologin erfolgreich abgeschlossen. Nun wollte sie praktische Erfahrungen sammeln. Das wollte sie in einer Ecocommunity in Australien erwerben. Christin bewarb sich bei der Freiwilligenarbeit in Cairns als Volunteer und erhielt sofort eine Zusage. Für sie war die Arbeit mit Flora und Fauna am interessantesten, da sie sich am meisten dafür begeisterte. Gesponsort wurde sie von ihrem Onkel. Weil auch viele Tierarten und Pflanzenarten bedroht sind. Gerade nach den verheerenden Waldbränden in den vergangenen Jahren.

Ihr Starttermin war der 29.11.2022. Nach der Unterkunft und Einrichtung in dem Hostel kamen die neuen Ankömmlinge zu einer Orientierungsveranstaltung zusammen. Dabei wurde nochmals auf die Dringlichkeit des Einsatzes hingewiesen. Das Riff wurde weniger und weniger und die Flora war ebenso rückläufig wie die Fauna. Dann wurden auch die Projekte zugeteilt. Peter bekam sein Projekt am Barrier Reef und Christin ihr Projekt im Regenwald. Für Peter dauerte diese Einführung etwas länger. In der Woche darauf ging es für ihn los. Am Wochenende lernte er dann Christin kennen. Rein zufällig. Christin saß in der Aula des Hostels und überlegte, was sie tun könnte. Peter kam um die Ecke und hatte schon ein Ziel. Die Stadt Cairns erkunden. Als wäre das schon immer so gewesen, stand Christin auf, hakte sich bei Peter unter und sagte: Gehen wir? Ja, antwortete Peter, der Bus steht schon da. So fuhren sie gemeinsam in die

Stadt und machten eine Sightseeingtour durch Cairns. Peter und Christin. Wie selbstverständlich, als wäre das schon immer so gewesen. Cairns liegt im tropischen Norden von Queensland und gilt als Tor zum Great Barrier Reef. Es ist wie gemalt, ein Ort für den Tourismus. So kommen auch viele Rucksacktouristen nach Cairns. Nach Sydney, Melbourne und Brisbane ist Cairns die häufigst besuchte Stadt in Australien. Vor allem auch wegen der Tauchmöglichkeiten. Zum Riff sind es gerade mal 1 ½ Stunden Fahrtzeit mit dem Schnellboot. Christin und Peter schlenderten durch die Stadt. Es gab viel zu sehen und zu entdecken.

Christin erzählte Peter von ihrer ersten Woche im Regenwald. Es war schon für sie ein einschneidendes Erleben. Tiere gab es hier, die hat sie noch nie gesehen, Pflanzen die Menge. Alles musste erneuert werden, alles musste gerettet werden. Ganz selbstverständlich hörte Peter zu und sprach mit Christin über all diese Dinge. Als würden sie sich schon ewig kennen. Ja, das scheint es zu geben. Und als sie am Abend zurückkamen, schaute Christin noch zu Peter rein. Es war noch niemand von den Mitbewohnern anwesend. Als ihre Zeit zu Ende war, überlegten Peter und Christin, wie es mit ihnen weitergehen könnte. Peter wollte gerne bleiben und Christin hatte auch ihre Liebe für diese Arbeit entdeckt. Gemeinsam suchten sie nach einer Unterkunft und einem Arbeitgeber, der sie anstellen konnte.

Nach ein paar Jahren hatten sie sich gut eingelebt und geheiratet. Sie bekamen ein Kind und setzten sich weiterhin voll und ganz für die Rettung der Natur ein. Doch es gibt unzählige Möglichkeiten, wie man sich einbringen kann, um gemeinsam auf dieser Welt zu leben und einander zu helfen. Gott bietet uns in seiner Schöpfung viele Möglichkeiten dazu, egal wo auf der Welt wir uns befinden. Es liegt an uns, diese Chancen zu nutzen und uns für eine bessere Zukunft einzusetzen.

Enkelmania – Elliot

Die Geburt

Es war so weit. Die Geburt des Enkels kündigte sich mit Schmerzen der Mutter an. Natürlich in der Nacht. Alles zusammenpacken und dann ging es in die Klinik. Nach Frauenfeld. Das war der nächste große Ort hinter Affeltrangen. Dort nämlich wohnten die Kinder. In der Klinik dauerte es aber schon noch eine Weile, bis es dann so richtig losging. Der Kleine war schon ein ordentlicher Brocken. Blöd war nur, dass er sich mit dem rechten Fuß am Becken von Ingrid verfangen hatte. Nichts ging mehr. Nicht vorwärts, nicht rückwärts. Er bekam keine Luft mehr. So musste ein Kaiserschnitt sein Leben retten. Zu sehen bekamen die Großeltern den Kleinen aber erst drei Wochen später. Sie besuchten ihre Tochter in Affeltrangen. Alles war gesund und munter und der kleine Elliot konnte in die Arme geschlossen werden. Die Eltern vom Schwiegersohn wohnten näher dran und waren schon früher am Geschehen dran. Aber das war kein Grund, darauf eifersüchtig zu sein. Im Gegenteil. So wurde doch der Kontakt aufrechterhalten. Und sie freuten sich genau so über den kleinen Enkel. Der hatte das Glück, zwei Großeltern zu haben. Zwei Großeltern, die sich schätzten und respektierten. Das ist nämlich ganz wichtig in so einem Fall. Eine Woche später kam dann die Tochter zu Besuch zu ihren Eltern. Die wohnten im Baar-Kreis. Etwa eine gute Stunde Fahrt. Die Hunde waren auch dabei. Und jetzt konnten alle mit dem kleinen rumtollen. Er lag auf dem Bauch auf der Decke mitten im Wohnzimmer. Der Opa hatte schon das Spielauto parat. Ein gelber Porsche. Das schien Elliot zu gefallen. Er griff immer wieder danach. Und er war munter. Mit großen Augen schaute er sich alles an. Und er tastete alles an, was er greifen konnte. Seine Mama hatte auch alles im Blick. Und sie sagte, was sie wie haben wollte. Als gelernte Erzieherin wusste sie auch, was sie wollte. Vor allem auch, wie sie den Kleinen erziehen wollte. Und das war zu respektieren.
Und dann musste er wieder mit nach Hause. Schade. Aber bald gibt es ein Wiedersehen. So wuchs Elliot heran. Er war schon bald der Liebling in der Kita seiner Mama. Die hatte eine eigene Kita eröffnet. Das geht in der Schweiz recht unkompliziert. Das ist dort dann ein privates Vergnügen und wird sehr gern angenommen. Jedenfalls war Ingrids Kita immer belegt.

Der Umzug

Eines Tages dann die Hiobsbotschaft. Die Kinder wollten auswandern. Nach Australien. Das war ein herber Schlag für beide Großelternteile. Aber die Kinder haben sich festgelegt und das war ihre Entscheidung. Auch das musste respektiert werden. Man wollte ja nicht im Streit auseinandergehen und vor allem nicht die Verbindung zum Kleinen verlieren. Und dann ging es auch schon los. Haus verkauft, Sachen gepackt und eingelagert. Dann ging es für ein viertel Jahr nach England. Sozusagen zum Angewöhnen. Dann das letzte Treffen, bevor es nach Australien ging. Elliot war zwei Jahre alt und konnte laufen und ein wenig reden. Und dann waren sie weg. Kurz vor Weihnachten. So eine ruhige Weihnacht hatten die Großeltern noch nie erlebt. Was blieb, war die Videokonferenz. Eine segensreiche Einrichtung. Damit konnte man sich sehen und miteinander sprechen und das über solch eine Distanz. Ein Hoch auf die Technik. Und dann wollte man so schnell als möglich zu Besuch nach Australien. Das aber gestaltete sich dann doch als schwieriger als gedacht. Denn Ingrid machte einen Kurs in Pferdewirtschaft an der Hochschule von Melbourne. Sie erhielt sogar ein Stipendium dazu. Der Kurs dauerte ein Jahr. Und somit nahm das ihre ganze Zeit in Anspruch. Für Besucher blieb gar keine Zeit übrig. Und Wolfgang, ihr Mann, hatte auch gleich Arbeit. Elliot ging in die Kita. Alles war schon geregelt. Und jetzt blieb für die Großeltern die Zeit des Wartens. Warten auf, ja, Morgen. Für sie bedeutet dies schon ein Gefühl des Verlustes ihrer Kinder, vom Enkel. Aber auch hier waren die Gegeneltern im Vorteil. Sie konnten ihre Kinder besuchen. Das war auch gut so. Auch für den Elliot. Alle hatten das Gefühl, ja, wir werden geliebt. Auch wenn wir uns jetzt so entschlossen haben. Dabei war nicht so wichtig, welcher Teil zuerst zu Besuch war. Es war wichtig, dass jemand zu Besuch kam. Und dann war auch noch der Onkel da. Er flog natürlich als erster hin. Auch er liebte seinen Neffen. In einem Jahr sogar zweimal. Na ja, der konnte das halt. Und er war ja auch noch jung.

Die moderne Gesellschaft hat sich in den letzten Jahrzehnten verändert und viele Familien leben heutzutage weiter voneinander entfernt als früher. Daher kann es sein, dass einige Großeltern ihre Enkelkinder nicht so oft sehen können, wie sie es gern hätten. Wenn sie jedoch die Gelegenheit haben, sich um ihre Enkel zu kümmern, können sie manchmal besonders leidenschaftlich sein und eine starke Beziehung zu ihnen aufbauen. Auch hier gilt: Menschen sind unterschiedlich. In ihrer Meinung, in ihrer Art, in ihrer Handlungsweise. Schön für die Enkel, wenn es die Großeltern ermöglichen, eine schöne Beziehung zu ihnen aufzubauen und schade, wenn es nicht geht. Insgesamt ist es jedoch wichtig zu beachten, dass nicht alle Großeltern in der Lage sind oder möchten, sich intensiv um ihre Enkel zu kümmern. Jede Familie hat ihre eigenen Umstände und Bedürfnisse, und es gibt keine „richtige" oder „falsche" Art und Weise, wie Großeltern ihre Rolle wahrnehmen sollten. Trotzdem ist es schön, wenn sie es können. Darüber hinaus gibt es genug Kinder auf der Welt, zu denen man eine Beziehung aufbauen kann. Nicht als Großeltern, aber als Mitmenschen, als respektvolle Menschen, die Verständnis für die Kinder zeigen und haben. Die ein Lächeln für sie übrig haben oder ein gutes Wort. Das sind dann Großeltern für die Kinder, die sie vielleicht zu Hause nicht haben. Aber nicht, dass das in eine Enkelmania endet. Die Kinder brauchen auch ihre Freiheit. Und wenn sie dann einmal groß sind, tun sie dann dem Erlebten gleich.

Ein modernes Märchen

Rosch ha-Schana Tischri – Kopf des Jahres

Das Neujahrsfest ist für die Juden ein Feiertag, der die Erschaffung der Welt durch Gott feiert. Es ist der Beginn einer zehntägigen Zeit der Reue, in der die Juden um Vergebung bitten und sich bemühen, bessere Menschen zu werden. Josef und Maria lebten in Nazareth. Aber zum Tischri wollten sie mit Freunden nach Jerusalem, um dort das Neujahrsfest zu feiern. Josef und Maria waren Nachbarn und kannten sich schon seit ihrer Kindheit. Sie besuchten die gleiche Schule und irgendwann waren sie ineinander verliebt. Maria war schwanger. Sie erwartet das Kind jeden Moment. Mit ihren 16 Jahren war das schon recht bald. Aber das konnte und wollte man nicht mehr rückgängig machen. Ihre Namensvetterin vor zweitausend Jahren stand vor dem gleichen Problem. Damals war das aber noch viel schlimmer. Das kam schon einem Verbrechen gleich, man konnte ganz schnell ausgestoßen werden von der Gemeinschaft. Zum Glück hat man heute mehr Verständnis dafür, oder? Man weiß es nicht immer. Josef und Maria wollten gerne heiraten, aber beide gingen noch zur Uni und verdienten kein Geld. Die Eltern sponserten sie. Josef mit seinen 18 Jahren konnte bei seinem Vater arbeiten, wenn es seine Zeit erlaubte. Sein Vater hatte eine Zimmerei. Ein gut gehendes Geschäft. Josef sollte das mal übernehmen. Dass sie diesmal zu dem Fest nach Jerusalem wollten, hatte einen besonderen Grund. Die Großmutter der Maria feierte ihren neunzigsten Geburtstag und da wollte Maria bei der Feier dabei sein. Mit dem Auto ca. 1 ¾ Stunden, mit dem Bus auch 1 3/4 Stunden. Sie fuhren mit dem Bus. Das Fest begann am fünfundzwanzigsten September und dauerte zwei Tage. Dazwischen wollten sie die Großmutter besuchen. Die wohnte in Betlehem, in einer kleineren 2-Zimmer-Wohnung wurde sie von Verwandten versorgt. Der Onkel von Maria machte das. Die Oma wohnte in einem Viertel von Betlehem, das berüchtigt war für seine Clans, bestehend aus Familien, die mit allem handelten, was nicht niet- und nagelfest war. Lug und Trug waren hier an der Tagesordnung. Die Bewohner waren ihres Lebens nicht mehr sicher. Daraufhin schrieb der Bürgermeister einen Wettbewerb aus, den größten Lügner der Stadt zu küren. Jeder Bewohner der Stadt durfte daran teilnehmen. Die Regeln waren einfach. Derjenige, der die beste Lügengeschichte erzählte, sollte einen Preis gewinnen. Eine junge Frau namens Sarah nahm ebenfalls am Wettbewerb teil. Sie hatte jedoch ein Problem: Sarah konnte nicht lügen. Jedes Mal, wenn sie versuchte zu lügen, wurde ihr schlecht und sie fühlte sich unwohl. Trotzdem wollte sie unbedingt am Wettbewerb teilnehmen, um zu beweisen, dass man auch ohne Lügen gewinnen kann.

Als Sahra an der Reihe war, erzählte sie eine Geschichte über eine Prinzessin, die die Wahrheit immer gesagt hatte und dadurch alle Herzen gewann. Die Zuschauer waren überrascht und ergriffen von der Geschichte. Am Ende gewann Sarah den Wettbewerb nicht durch eine Lüge, sondern durch die Wahrheit.

Die Bewohner der Stadt erkannten, dass Lügen sie nicht glücklicher machten und begannen, sich zu fragen, warum sie überhaupt lügen. Einige sagten, dass sie lügen, um sich vor Strafe zu schützen oder um andere zu beeindrucken, während andere sagten, dass sie lügen, um sich selbst besser zu fühlen.

Schließlich erkannten die Bewohner der Stadt, dass die Wahrheit zwar manchmal schwer zu sagen war, aber es ihnen letztendlich besser ging, wenn sie ehrlich waren. Sie begannen, die Wahrheit in ihrem täglichen Leben zu akzeptieren und ihre Resilienz zu stärken, um mit den Herausforderungen des Lebens umzugehen.

In der Bibel heißt es: „Die Wahrheit wird euch frei machen". Das Bibelzitat stammt aus dem Johannesevangelium, Kapitel 8, Vers 32. Die Bewohner der Stadt waren erleichtert, dass sie sich von der Last der Lügen befreit hatten und ein glücklicheres Leben führen konnten.

Zur Vergebung kam das Neujahrsfest gerade recht. Das befreite dann erst so richtig. Der Clan in der Stadt löste sich auf und die Bürger konnten wieder in Frieden miteinander leben. Irgendwie erinnerte das an den Propheten Jona, der von Gott nach Ninive gesendet wurde, um dort Buße von den Menschen zu fordern. Sie wanden sich von Gott ab und wollten eigene Wege gehen. Dann taten sie Buße und Gott vergab ihnen.

Josef und Maria kamen nach Betlehem. Sie fuhren mit dem Bus von Jerusalem. Kurz vor Betlehem kam der von der Straße ab und fiel auf die Seite. Josef und Maria wurden leicht verletzt und kamen in ein Krankenhaus von Betlehem, dem Holy Family Hospital. Da begannen dann die Wehen. Da sie aber aus Nazareth waren, wollten die Ärzte die Geburt nicht durchführen. Eine Hebamme war auch nicht zugegen. Da kam ein Junge, vielleicht 12 Jahre alt, vorbei und wollte die Oma besuchen. Der sah sie alle so rumstehen und sah auch Maria, wie sie schmerzgebeugt dastand. Wollt ihr nicht helfen? Fragte er die Männer. Die Frau hat doch Schmerzen. Wir haben kein Zimmer frei, war die Antwort. Lügt doch nicht, natürlich habt ihr ein Zimmer frei. Gerade haben wir der Lüge abgesagt. Also bitte. Maria bekam das Zimmer und eine Hebamme war plötzlich auch da. Das Baby konnte kommen. Und es war gesund und munter. Ein Junge. Die Eltern holten die Drei schließlich mit dem Auto nach Hause. Sie bezahlten auch die Rechnung dem Hospital. Die Oma wurde zwar nicht mehr besucht, später einmal, aber das ist eine andere Geschichte.

Prinz Louis Napoleon - der Detektiv vom Schloss Arenenberg

Zu Besuch auf Schloss Arenenberg

Louis Napoleon, der spätere Kaiser Napoleon III., verbrachte einen Teil seiner Kindheit und Jugend auf dem Schloss Arenenberg. Er wuchs am Bodensee auf und lernte Deutsch. Nach der Schulzeit in Augsburg wurden für Louis Napoleon auf dem Arenenberg ein Studierzimmer in dem Ökonomiegebäude eingerichtet. Er wurde durch Professoren aus Konstanz in Naturwissenschaften, Kunst, Philosophie und durch einen Artillerieoffizier im Kriegswesen unterrichtet. Louis Napoleon wurde ein guter Reiter, Fechter und Schwimmer. Seine Mutter Hortense kaufte das Schloss während ihrer Zeit im Exil in Konstanz. Sie war eine gute Gastgeberin, was viele Menschen in dieser Zeit gerne annahmen. Darunter waren Könige, Politiker und sonstige Intellektuelle. Unter anderem auch Alexandre Dumas, der Ältere. Gerade noch nahm, er teil an der Julirevolution ging er auch schon dazu auf Distanz und suchte das Weite, denn die Revolution barg den Tod. Dabei kam er nach Arenenberg. Er hatte von Hortense gehört, die gerne Flüchtende unterstützte. Und dabei lernten er und Louis sich kennen. Sofort waren sie voneinander begeistert. Beide hatten das Abenteuer im Blut. Beide waren Draufgänger. Beide waren sehr neugierig. Louis zeigte Alex seine Grotte unten in der Gartenanlage. Hier wurde so manches Fest gefeiert. Von hier aus wurde so manches Abenteuer gestartet.

Der Kunstraub

In Konstanz wurde in diesen Tagen ein Kunstraub bekannt, bei dem Teile des Münsterschatzes gestohlen wurden. Die Diebe drangen in der Nacht in das Münster ein. Es waren mindestens drei. Die brachen in die Kapelle ein und stahlen, was sie tragen konnten. Der Nachtwächter erwischte sie dabei. Konnte aber nichts verhindern. Er wurde sofort erschlagen. Durch das Getümmel wurden noch mehr Leute aufmerksam, aber die Diebe entkamen mit ihrer Beute. Louis hörte es, nahm aber keine Anstalten, etwas zu unternehmen. Alex allerdings wurde sofort geschäftig. Komm, wir schauen uns das an, sagte er zu Louis. Der wollte erst nicht. Aber Alex begann ihn zu bedrängen und schließlich gab er nach.
Sie gingen den Weg hinunter an den See. Dort lag ein Segelboot, das sie nach Konstanz bringen sollte. Das Boot gehörte Hortense, der Mutter von Louis. Er durfte es nutzen, wann er wollte. Der Kapitän ließ Segel setzen und schon ging es los. Bis Konstanz war es nicht weit. Ca. 6 Meilen (ca. 10 km). In Konstanz angekommen, gingen sie rüber zum Münster. Hier begutachteten sie den Ort des Geschehens. Einige der Bürger hatten sich noch versammelt. Sie erzählten, was ihnen so alles aufgefallen war. Auch der

Kreisdirektor war anwesend. Der konnte sich aber gar keinen Reim auf das Geschehen machen. Allerdings lobte er eine Belohnung aus für das Ergreifen der Diebe und des Mörders von dem Nachtwächter. Es gab etliche Hinweise aus der Bevölkerung. Einer meinte, den Bauern von der Reichenau gesehen zu haben, ein anderer einen Knecht des Bauern. Zunächst machte alles keinen Sinn. Was wollte so ein Bauer mit so einem Schatz anfangen. Bis Louis mitbekam, dass dem Bauern seine Felder um das Münster herum lagen. Hatte er was mit den Besitzern zu tun? Dann wusste er auch von dem Kloster St. Gallen, dass die ihre Schätze auch zum Teil in dem Münster lagerten. Nun verdichteten sich die Hinweise, dass der Schatz zum Münster auf die Reichenau gebracht worden ist.

Louis Napoleon und Alexandre Dumas bestiegen ihr Segelboot und die Crew brachte sie zur Reichenau. In Buchhorn legten sie an und machten sich auf den Weg zum Münster. Es war gegen Abend, als sie dort ankamen. Das Münster war ein ehemaliges Kloster und damit ein größerer Baukomplex. Hier nach dem Schatz zu suchen, könnte schwierig werden. Aber Louis kannte sich aus mit solchen alten Gemäuern. Jedes hatte seine eigene Schatzkammer. Und jede Schatzkammer lag bei der Kirche. So wurde der von den Engeln beschützt, war der Glaube. In Konstanz hat das nicht geholfen. Louis war gut durchtrainiert, Alex eher Wackelpudding. So musste Alex aufpassen, also Schmiere stehen, solang Louis nach dem Schatz suchte. Alex konnte ein Käuzchen gut nachmachen. Louis ging auf Schatzsuche. Der Eingang zwischen den Türmen war nicht sonderlich gut bewacht und die Tür war nicht mal abgeschlossen. Louis ging hinein. Unter dem Treppenaufgang zum Turm lagen drei Säcke. Louis schaute hinein und traute seinen Augen kaum. Der Schatz. Da hat man sich wirklich keine Mühe gegeben. Oder fühlten sie sich so sicher? Louis brachte die Säcke nach draußen. Alex legte sich unter Stöhnen einen Sack auf seine Schultern, Louis die anderen beiden. Sie brachten die Säcke auf die andere Seite zu ihrem Segelschiff. Die Crew legte ab und es ging zurück nach Konstanz. Gegen Morgen kamen sie dort an und brachten den Schatz zurück in die Schatzkammer. Der Kreisdirektor wurde verständigt und der kam auch sofort. Aber wo war der Mörder? Louis beschwichtigte ihn und sagte: Der wird auch gleich auftauchen. Und so war es. Plötzlich kamen drei Reiter an, auf dem Münsterplatz. Sie schrien und fuchtelten mit ihren Degen in der Gegend rum. Louis schaute sich das in Ruhe an. Dann hielt er das Pferd von dem einen Fest und holte den Reiter aus dem Sattel. Dann den Zweiten und schließlich den Dritten. Jetzt zog er seinen Degen und hielt ihn dem ersten an den Hals. Er forderte ihn auf, zu erklären, was das hier sollte. Die drei wurden gebunden und der Stadt übergeben. Die schlossen sie in den Turm ein. Der Richter wird sie dann schon verurteilen. So endete das erste und einzige Abenteuer der beiden Freunde. Alex erhielt die Belohnung und Louis die Ehrenbürgerwürde von Konstanz und Umgebung. Die von Thurgau hatte er ja schon. Das Segelschiff brachte sie zurück nach Mannenbach, von wo aus sie den Weg hoch zum Schloss erklommen. Wortreich berichteten sie Hortense von ihrem Abenteuer. Die veranstaltete ihnen zu Ehren ein Gartenfest. Die Grotte spielte dabei eine untergeordnete Rolle. Es war ein lauer Frühlingsabend und einige der Gäste verliefen sich in der Parkanlage. Aber Louis und Alex schliefen in ihren Zimmern den Schlaf der Gerechten.

Ein Schattendasein

Jochen war schon elf Jahre alt. Immer in den großen Ferien durfte er zu seinen Großeltern nach Lindau. Die betreuten hier in einem alten Haus einen Kurzwarenladen in der Altstadt. Die Großeltern lebten hier schon seit Menschengedenken. Und vor ihnen ihre Eltern und davor deren Eltern. So kamen hier schon mehrere Generationen zusammen. Jochens Eltern scherten aus. Sein Vater war Arzt in einem Krankenhaus, seine Mutter Kinderärztin. Jochen hatte noch eine kleine Schwester. Also, mit Urlaub war nix und so kam Jochen zu den Großeltern. Die freuten sich, wenn er kam und er konnte schon auch helfen und den Großeltern zur Hand gehen, wenn er nicht gerade etwas Besseres zu tun hatte. Jochen kam gern zu seinen Großeltern nach Lindau. Gab es hier doch viele verwunschene und versteckte Winkel. Man konnte immer etwas Neues entdecken. Er hatte mittlerweile auch Freundschaften geschlossen. Da war die Marie von gegenüber, die Susanne aus dem Malerwinkel, die Freundin der Marie und auch Herbert vom Henkelwirt, der Sohn. Sie alle waren im selben Alter und kannten sich von klein auf. Nun gab es in dem Haus der Großeltern auch einen großen Keller. Indem lagerten unzählige Dinge. Jochen hat schon vieles entdeckt, aber bestimmt noch nicht alles. Es war ein Wochentag und es regnete. In diesem Jahr schon häufiger. Also trafen sich die Freunde bei Jochen. Hier gab es meistens was Süßes und dann beratschlagten sie, wie sie den weiteren Tag verbringen wollten. Marie würde gern den Keller erkunden. Au ja, war der Tenor aller Kinder. Das machen wir. Jochen holte seine Taschenlampen, Herbert bekam auch eine. Nichts kaputtmachen, rief Oma hinterher und dann waren sie schon auf dem Weg nach unten. Unten angekommen bestaunten sie all das, was hier zu sehen war. Da stand ein kleines Karussell, hier ein Boxauto, daneben ein Schaukelpferd. Marie setzte sich darauf und schaukelte und Herbert stieg in das Boxauto und fuhr los. Jochen und Sabine gingen den Gang entlang und fanden eine Jukebox von Wurlitzer, am Ende stehen. Mit Platten und voll funktionsfähig. Leider konnte man sie nicht anschließen, es gab keine Steckdose in der Nähe. Herbert und Marie kamen dazu und sie erkundeten den Keller weiter. Da stand ein alter Reisigbesen. Jochen erklärte, das ist der Hexenbesen seiner Urgroßmutter. Mit dem düste sie immer in den Wald, um Mistel zu schneiden. Bedauerlicherweise ist er jetzt kaputt und fliegt nicht mehr, aber kehren, kehren tut er noch gut. Zum Beweis kehrte er den Gang runter und wieder rauf. Jochen stellte den Besen wieder ab und sie schlenderten weiter. Da stand eine Trompete und daneben ein kleines Schlagzeug. Jochen konnte Trompete. Marie Schlagzeug. Jochen presste die Lippen zusammen und blies in die Trompete. Es erklang eine Fanfare. Und Marie ließ einen Trommelwirbel dazu erklingen, dass es geradezu in der Luft vibrierte. Susanne und Herbert tanzten dazu. Linksrum, rechtsrum. Hatten sie in der Schule gelernt. Und dann passierte es. Aus einem der Regale purzelte eine Verpackung. Die war flach und mit Wellpappe umhüllt. Schnüre hielten die Pappe zusammen. Marie hob das Paket auf, um es zu begutachten. Vorsichtig löste sie den Knoten der Schnur, das Paket rutschte ihr aus den Händen. Aber Jochen hielt es fest. Und nun gab die Verpackung ihren Inhalt preis. Enttäuschung pur. Keine Schatzkarte, kein geheimer Zauberspruch von der Uroma, es war ein Bild. Genaugenommen ein Bildnis. Eine Selbstdarstellung. Aber keiner erkannte den Mann auf dem Bild. Das Bild war sehr düster. Es war etwa einen Meter hoch und achtzig Zentimeter breit. Als ein großes Porträt von irgendjemand. Der Mann darauf hatte ein prachtvolles Gewand an und eine Mütze auf. Alles in Dunkelbraun. Seine Hände hat er lässig in den Gürtel gesteckt, die Daumen nach innen. Also nichts für die Kinder. Jochen wickelte es wieder ein und stellte es in das Regal. Und nun ging es weiter. Da stand ein Puppenwagen, daneben die Eisenbahn. Das reichte aus, um die Kinder bis zum Abend zu beschäftigen. Das Gemälde geriet in Vergessenheit.

Am Abend, jeder war wieder zu Hause und hatte viel zu berichten. Was es alles zu sehen gegeben hat. Da war das Schaukelpferd, der Scooter, die Jukebox, der Hexenbesen, die Puppen, der Puppenwagen, die Eisenbahn. Das alles und noch viel mehr gab es in dem Keller zu entdecken. Jochen erzählte seiner Oma auch von dem Bild. Die Oma kannte es nicht und sie kannte fast jeden Nagel da unten. Sie sagte es dem Opa, der unwirsch, was die wohl gesehen haben, die haben da gar nichts verloren. Na ja, Opa hatte kein Verständnis für die Fantasie von Kindern. Dabei sollte man die immer fördern, wann immer es sich bietet. Oma schickte Jochen ins Bett und versprach am nächsten Tag nach dem Bild zu schauen. Am anderen Morgen kam Jochen zum Frühstück und da stand das Bild. Angelehnt an den Küchenschrank. Der Mann darauf schaute in die Ferne. Oma kam herein und lächelte Jochen an. Sie fuhr ihm über das Haar. Du kleiner Feger. Da hast du aber was angerichtet. Jochen schaute Oma verdutzt an. Was, was habe ich? Dann kam Opa rein. Also, in Zukunft darfst du jeden in den Keller mit deinen Freunden und so ein Bild finden. Jochen kam aus dem Staunen nicht mehr heraus. Der Mund blieb offen, die Augen groß und auf Opa gerichtet. Und jetzt klärte Oma ihn auf. Du hast ein sehr wertvolles Gemälde auf Öl gefunden. Es ist von der Ururgroßmutter. Die hatte es von einem Kunden geschenkt bekommen und seither liegt es da unten. Keiner hat es bemerkt. Es ist ein Selbstporträt von Rembrandt, ein großes Bildnis seiner selbst. Es hat mir keine Ruhe gelassen und ich habe den Herrn Riemenschneider aus dem Kunsthaus gebeten sich das Bild anzuschauen. Der erkannte das sofort. Es stammt aus dem Jahr 1652. Es ist das erste Bild, das er nach 1645 gemalt hatte. Nach dem Dreißigjährigen Krieg. Es stammt aus einer Reihe von vierzig gemalten Selbstporträts. Und es ist sehr wertvoll. Es gilt schon lange Zeit als verschollen und soll in das kunsthistorische Museum nach Wien überführt werden. Wert des

Gemäldes gut 30 Millionen Euro. Und keinem ist es aufgefallen. So führte das Bild ein Schattendasein, bis heute. So führt manch einer ein Schattendasein, bis er seine Werte zu erkennen gibt und ein Menschenleben ist mehr wert, als sein Schatten es darstellt.

Österreich rund um den Bodensee im 17. Jahrhundert

Der Krieg hat die Menschen dahingerafft. Pest, Kugelhagel und Hungersnot machten ihnen den Garaus. Rund vierhundert blieben in den einst so blühenden Städten am Bodensee übrig. Er selbst hatte mit viel Glück überlebt. Während des Krieges ging er noch zur Schule in Überlingen im Kapuzinerkloster. Das wurde damals dort neu gebaut und seine Eltern in der Schweiz sahen es als gut an, ihn dort aufwachsen zu lassen. Da war er zehn, man schrieb das Jahr 1612. Anschließend wechselte er auf die Reichenau in das Kloster der Benediktinerabtei. Das war 1622. Er erhoffte sich hier mehr über Buchführung zu lernen. Dazu wurde er nach St. Gallen geschickt. Schließlich kam er wieder auf die Reichenau. Zum ersten Mal wurde ihm hier der Schatz der Kirche gezeigt. Silber, Gold, Juwelen, Kronen und Krönchen. Ragin begann zu verstehen, was hier passierte. Viele Menschen da draußen litten unter Krieg und unter Hunger oder Krankheiten und hier horteten sie Reichtümer. Und er sollte die nun verwalten. Dazu kamen noch die vielen Ländereien, die ihnen geschenkt oder vererbt wurden. Das Kloster von St. Gallen arbeitete mit dem Kloster von Fulda zusammen. Die tauschten die Ländereien untereinander aus, je nach deren Lage. Die um Fulda gehörten zum Kloster Fulda, die um St. Gallen gehörten zum Kloster St. Gallen. Verwalten sollte das alles aber Ragin. Seinem Empfinden nach hatte das nichts, aber auch gar nichts mit Glauben zu tun. Aber so ergab sich der enorme Reichtum von Kloster und Kirche. Ragin arbeitete sich nun in seine Aufgabe hinein. So konnte er die Buchhaltung etablieren. Und so langsam begann sich diese herauszukristallisieren. Als Erstes begann er mit einer Bestandsaufnahme. Alles, was zur Reichenau gehörte, alles, was zu St. Gallen gehörte und alles, was zu Fulda gehörte. Es wurde eine lange Liste. Vieles davon war auch noch im Unklaren und er musste die Zusammenhänge herausfinden. Dazu musste er auch reisen. Unterstellt war er dem Abt von St. Gallen als seinem persönlichen Referenten. Und der hielt sehr viel von Ragin. Er unterstützte ihn, wo er nur konnte. So bekam Ragin alles, was er benötigte, auch persönlich. Er zog in ein kleines Haus in Radolfzell. In der Cella Ratoldi. So war er auf dem Festland und nicht gebunden auf die Insel. Von dort aus erreichte er alle seine Reiseziele. Allerdings hielt sich das in Grenzen, denn der Krieg machte sich überall breit und ließ damit keinen Reiseverkehr mehr zu. Ragin hatte nun viel zu tun. Der Abt von St. Gallen hatte es eilig mit der Bestandsaufnahme. Denn es herrschte ein Krieg in Europa. Die Schweden drangen von Norden immer weiter in den Süden vor. Und sie waren nicht zimperlich in ihrem Umgang mit den Menschen. Dazu kamen auch noch Pest und Hungersnöte. Das brachte die Menschen um. Ragin fasste nun auch die Finanzen der Klöster zusammen und teilte diese unter den Klöstern je nach Größe auf. So erhielten die Klöster ein jährliches Budget zur Verfügung, zu dem sie Rechenschaft ablegen mussten.

Es entstand eine standardisierte Buchhaltung, die sich letztlich überall durchsetzte. Sie war transparent und übersichtlich. Und sie ließ sich einfach erklären. Die Zusammenstellung war inhaltlich sehr komplex. In dieser Zeit lernte Ragin seine Frau kennen. Sie heirateten und ein Jahr später war das erste von zwei Kindern da. Febronia, seine Frau, war sehr tüchtig und versorgte das Haus, während Ragin sich um seine Geschäfte kümmerte. Sie kümmerte sich um Marc und Margit.

Sie hatten auch Tiere wie Hühner, Enten, eben Geflügel sowie Hund und Katze. Und alle lebten unter einem Dach. Als Ragin mit seinen Aufstellungen fertig war, musste er damit zunächst nach St. Gallen zu seinem Abt. Das war immer mit einer Tagesreise verbunden. Mit seinem Segler kam er bis Arbon. Von dort wurde er mit einer Kutsche abgeholt nach St. Gallen. Auf dem See wurde Krieg gehalten, man sah und spürte aber kaum etwas davon. In St. Gallen angekommen, sprach er dann mit dem Abt seine Papiere durch. Der war davon ganz angetan. So wurde beschlossen, aus einem Teil der kirchlichen Schätze Gegenstände für den Gebrauch herzustellen. Beispielsweise Tafelsilber. Der Erlös sollte dann in das Klosterbudget einfließen und konnte dann anteilmäßig verteilt werden. So begann trotz all den Kriegen einen wirtschaftlichen Aufschwung im Bodenseekreis. Einen Teil des Gewinnes bekam die römische Kirche, den anderen Teil erhielt der Habsburger Kaiser. So hielt man sich Begehrlichkeiten vom Leib. Je nachdem, wo nun welche Gelder sprudelten, konnte man das Vermögen noch verteilen, sodass nicht allzu viel an Steuerabgaben abgeführt werden musste. Ragin hatte das im Griff.

Nachdem diese Planung abgeschlossen war, schickte man Boten nach Fulda und lud den Abt nach St. Gallen ein. Der Termin lag so Anfang Herbst, also im September. Der Bote brachte dann auch eine Zusage mit. Ragin kümmerte sich jetzt um die Geschäfte mit Agrar, Fischfang und dem Bergbau. Die Finanzen wurden alle aus einer Hand getätigt. Eine frühe Form des Kapitalismus. Und es funktionierte auch. Alle Beteiligten an dieser Gesellschaft verdienten gut. Man schaute als Erstes auf die Funktionen in allen Bereichen, dann auf die Qualität und auf die Logistik. Und alles war in der Hand von Ragin. So entwickelte er sich zu einem der mächtigsten Männer am Bodensee. Der Dreißigjährige Krieg machte sich zusehends in Europa breit. Er war grausam und blutig bis zum Gehtnichtmehr. Der begann schon 1517, seit der Reformation. Im Augsburger Religionsfrieden einigten sich zunächst Katholiken und Protestanten. Ab 1618 eskalierte es dann wieder. Durch den Prager Fenstersturz wurde neuerlich Krieg ausgelöst. Die Abhängigkeit der Habsburger von anderen Machthabern führte dazu, dass der Krieg sich zusehends in Europa ausbreitete. Längst ging es nicht mehr um Glauben, sondern um Macht und Einfluss. Das führte aber zu unendlichem Leid in der Bevölkerung, denn diese musste für die Finanzierung des Krieges aufkommen. Es war ein System der Kontributionen. Wallenstein zwang alle Bewohner der Gebiete des Krieges zur Kasse. Die Bevölkerung musste zahlen mit Bargeld. Zusätzlich zu den Naturalien, die von ihnen schon gefordert wurde. Das war über die Länge des Krieges einfach nicht möglich.

Andere Kriegsparteien kopierten das System auch noch. Die Bevölkerung wurde ausgepresst wie eine Zitrone. Der Vorteil war, wenn nichts mehr zu holen war, dann zog das Kriegsheer weiter. Es traf sich der Fürstabt von Fulda mit seinem Stab, der Fürstbischof von Konstanz als Abt der Reichenau und der Fürstabt von St. Gallen in St. Gallen zu einem Informationsaustausch, wie Ragin es nannte. Es stellte sich heraus, dass Fulda das gleiche Problem wie St. Gallen hatte. Ihnen fehlte eine Übersicht über die vielen Ländereien, die ihnen geschenkt wurden. Konstanz arbeitet zusammen mit St. Gallen sowie der Reichenau. Sie staunten nicht schlecht, als Ragin ihnen ihre Reichtümer vorstellte. Alle waren sofort mit den Plänen einverstanden und unterbreiteten auch eigene Möglichkeiten zur Umsetzung. Es wurde ein Konsortium gegründet, in denen alle Äbte vertreten waren und für die Finanzen verantwortlich zeichneten. Ragin war der oberste Hüter dieser Vereinbarung. Fortan mussten sich alle daran halten. Ragin stellte seinen Arbeitsstab zusammen und beorderte sie alle in das Konzil nach Konstanz. Von dort aus wurde nun operiert. Es ist nicht so, dass der Glaubenskrieg spurlos an Ragin vorbeiging. Er hatte schon seine Meinung dazu. Aber er setzte Prioritäten. Zuerst kam seine Arbeit. Die verrichtete er zum Wohle für alle. Daraus ergab sich ja der Arbeitskreis im Konzil zu Konstanz. Und danach kümmerte er sich um seine Familie. Aber dann setzte er sich auch mit dem Glauben als solchem auseinander. Den katholischen Glauben mit seiner Liturgie kannte er von klein auf. Mit großer Skepsis verfolgte er den. Sein Chef, der Abt von St. Gallen legte auch nicht großen Wert auf Ragins Ansicht zum Glauben. Ihm war das Geld wichtiger. Dann begann der Protestantismus um sich zu greifen. Daraus resultierte dann der Bauernkrieg. Diese Glaubensrichtung zersplitterte sich in tausend und eine Richtung. Jeder konnte nach seiner Fasson leben. War auch nichts für Ragin. Er war ein Pragmatiker. Er brauchte einen Gott, mit dem er reden konnte, dem er seine Anliegen mitteilen konnte. Und das tat er einfach in seinen täglichen Gebeten. So erlebte er Gott auch. Er sah sein Tun erfüllt und manchmal auch nicht. Und dann wusste er ja, er lag falsch und konnte sich korrigieren. Manchmal schimpfte er innerlich auf die Menschen, wenn sie seiner Meinung nach ungerecht, ja sich unmenschlich benahmen. Wie in den Kriegen. Die Menschen rotteten sich selber aus. Ihr Glaube half ihnen bei diesem Vornehmen nicht. Irgendwann würden sie schon wieder nach seiner Hilfe Ausschau halten. Und da kommen sie dann wieder zur Einsicht. Wie das dann aber weitergehen konnte, wusste Ragin auch nicht und Gott sagte dazu nichts. Dann war ja da auch noch Jesus. Der, der für die Menschen gestorben sein sollte. Aber von dem bekam man in den Kriegszeiten auch nicht viel mit. Aus Ragins Sicht war Jesus der Mittler schlechthin. Zwischen Gott und den Menschen. Er konnte die einmal entstandene Kluft seit dem Sündenfall wieder schließen. Derzeit aber eher nicht, denn es war schon wieder Krieg. Und dann war da noch der Heilige Geist. Von dem hielt Ragin große Stücke. Gottes Geist in Wahrheit. Ein führender Geist. Mit dem sich zu verbünden, war für ihn ein wichtiges Ziel. Für den Menschen eine Nummer zu groß, aber soweit er das verstand, eine wunderbare Hilfe in dem täglichen Miteinander der Menschen. So hat Gott die Menschen nie allein gelassen. Er hat sie aber tun lassen, um sie dann wieder auf sich aufmerksam zu machen. Und das brauchte nun mal seine Zeit. Und Zeit hat Gott ja jede Menge. Bei Gott spricht man ja von Ewigkeiten. Nur der Mensch glaubt immer, keine Zeit zu haben. Gut, er lebt ja auch nicht ewig. Zumindest nicht im Diesseits. Endlich, endlich war der Krieg vorüber. Im Westfälischen Frieden vereinbarten die Generalstaaten, schickten sechs Gesandte aus Frankreich, Schweden, Spanien, Schweiz und dem Kaiserreich das Friedensabkommen. Ragin war mit von der Partie. Sein Chef begleitete den Kölner Nuntius Fabio Chigi, den späteren Papst Alexander VII. als Mediator und der venezianische Diplomat Alvis Contarini. Die Verhandlungen zogen sich hin wie Kaugummi. Ragin reiste zwischen Konstanz und Münster in Westfalen hin und her. Erst 1649 wurden dann die Ratifikationsurkunden ausgetauscht. Das war dann der politische Frieden. Das Kaiserreich wurde aufgesplittet in vielerlei fürstliche als auch bischöfliche Gemarkungen. Ragin bekam wieder viel zu tun. Um den Bodensee rum blieb aber das Meiste, wie es war und der Aufbau von Dörfern, Gemeinden und Städten konnte wieder beginnen. Diesen Aufbau förderte Ragin und sein Chef. Um wieder auf gleichen Stand zu kommen, musste Ragin nach Fulda zu einer Abstimmung. Das war nach all den Wirren notwendig geworden. Die Abstimmung erfolgte einvernehmlich und Ragin machte sich auf den Heimweg. Bei den Hohenzollern übernachtete er nochmals, bevor er dann über die Donauer Berge kam. Kurz vor dem Abstieg runter an die Donau rutschte sein Pferd aus. Es war sonst sehr trittsicher und Ragin konnte sich auf sein Pferd verlassen. Aber an dieser Stelle rutschte aus und beide, er und das Pferd stürzten in die Tiefe. Ragin konnte nur noch tot geborgen werden. Es war das Jahr 1652. Ragin war gerade mal 50 Jahre geworden. Er fand seine letzte Ruhestätte in dem Konstanzer Münster. Neben all den verdienten Oberhäuptern oder Pioniere der Stadt und dem Land.

88

Rosenheim, eine Mords-Geschichte

Die Bavaria Filmgesellschaft München begann mit dem Dreh einer neuen Folge der beliebten Krimiserie „Die Rosenheimcops". In der Handlung sollte sich Folgendes abspielen: Der Hauptpolizeimeister Michael Mohr wurde nach einem Kegelabend auf seinem Heimweg mit samt seinem Fahrrad gekidnappt. Tage später wurde am Chiemsee ein Mann tot aufgefunden. Er lag neben der Hütte des Rudervereines. Hansen und Stadler machen sich auf den Weg zum Tatort. Dort sollten sie eine Überraschung erleben. Michael Mohr wurde in dem Schuppen gut verschnürt gefunden. Der war natürlich völlig ramponiert und musste ins Krankenhaus. Während die Kommissare ermittelten, geschahen merkwürdige Dinge.

Als die erste Szene gedreht werden sollte, es war schon Nacht, fehlte plötzlich der Hauptdarsteller, der den Hauptpolizeimeister Mohr spielen sollte. Der Zeitpunkt zum Drehbeginn war schon überschritten. Die Szene konnte heute nicht mehr gedreht werden. Aber wo war der Darsteller? Der Regisseur rief auf dem Handy an. Mailbox ist gerade nicht zu erreichen. Der Regisseur verlegte die Szene auf den nächsten Tag. Für heute war Schluss, alle gingen in ihr Hotel. Der Regisseur verständigte noch den Produzenten. Der war außer sich natürlich.

Am anderen Tag sollten einige Szenen im Polizeirevier gedreht werden. Das stand in München. Auch dazu war der Mohr nötig. Aber er war nicht zu gegen. Jetzt wurde die Crew unruhig. Was ist passiert. Wo war der Herr Mohr. Seine langjährige Freundin Mirjam fing auch an, nervös zu werden. Das kannte sie von ihrem Freund nicht. Der war die Pünktlichkeit in Person. Der Regisseur Max rief nun die Polizei an und schilderte das Geschehen. Ein Entführungsfall und dann auch noch ein Toter. Die Kriminalinspektion Rosenheim bekam auf einmal viel zu tun. Sie wussten ja nicht, dass die beiden Fälle zusammengehörten. Der Tote wurde vom Chiemsee gemeldet. Dort am Ruderverein fanden ihn Mitglieder. Die Filmcrew blieb nun in München und drehten ohne Mohr weiter. Der kann später noch eingebaut werden. Zu den Ermittlungen mussten Hansen und Stadler schon noch nach Prien zum Originalschauplatz. Denn dort sollte sich auch ihr Toter aufhalten. Die Polizei von Rosenheim war jetzt am Tatort. Die Polizeiobermeisterin Julia Brand unterstützte sie dabei. Sie war darin ausgebildet, einen Tatort zu identifizieren, abzuriegeln und erste Untersuchungen oder erste Befragungen durchzuführen. Das machte der Mohr ja auch immer. Der Tote hieß Werner Nafziger und war Schauspieler. Sofort riefen die Kommissare in München an, um nach der Bekanntheit des Mannes zu fragen. Ja, es war ein Schauspieler der Rosenheimcrew. Er sollte den toten Herrn Bleule spielen. Ein Immobilienhändler. Der den Mohr entführte. Max, der Regisseur, merkte auf. Zunächst wird sein Darsteller gekidnappt, dann stirbt der Darsteller, der den Ermordeten spielen sollte. Der Schauplatz von den beiden Geschehen, war am Chiemsee beim Ruderverein. Das konnte kein Zufall sein. Aber was steckt denn dahinter? Will jemand den Film zerstören? Er konnte sich keinen Reim darauf machen. Während dessen untersuchte Julia, die Polizeiobermeisterin, den Bootsschuppen. Sie ließ das Tor öffnen und sofort hörte sie menschliche Laute. Leise, undeutlich, bis sie näher an das verschnürte Etwas kam. Julia verständigte die Kriminalisten als den Notarzt. Und so fanden sie den „Michael Mohr", wie es denn hätte sein sollen in der Filmszene und Hansen und Stadler ihn hätten finden sollen. Julia bemerkte einen sehr auffallend gekleideten älteren Mann außerhalb der Absperrung. Der schien sich was zu notieren und schaute immer wieder herüber zu den Kommissaren. Julia sagte es einem der Männer. Der schlich sich nun zur Seite, um hinter dem Mann aufzutauchen. Was tun sie da? Fragte er unvermittelt den Mann. Der erschreckte sich darauf-hin und versuchte zu fliehen. Er kam nicht weit. Der Polizist, ein durchtrai-nierter Mittvierziger, hatte ihn eingeholt und hielt ihn fest. Er beschlag-nahmte das Notizbuch des anderen und lass, was darin geschrieben stand. Genau das, was sich zugetragen hatte. Auf dem Revier stellte sich dann heraus, dass er selbst gerne das Filmbuch geschrieben hätte, aber ein anderer Autor den Zuschlag erhalten hat. Daraufhin schwor er sich, das Werk zu zerstören, koste es, was es wolle. Nun bekam er Zeit und Gelegenheit, viele Bücher zu schreiben, allerdings ohne weiteren Schaden anzurichten. In München war froh, wie schnell der Fall geklärt wurde, also die Rosenheimer Polizei ist schon auf dem Deckel. Alle Achtung, Respekt, wem Respekt gebührt.

Die Dreharbeiten der neuen Folge der beliebten Krimiserie „Die Rosen-heimcops" waren zu Ende. Die Crew war zufrieden mit dem Ergebnis und die Zuschauer konnten sich auf einen spannenden Fall freuen.

Michael Mohr war wieder wohlbehalten zu Hause und konnte sich nun endlich von den Strapazen des Entführungsfalls erholen. Er war froh, dass der Fall aufgeklärt war und dass er seine Freundin Mirjam nicht länger beunruhigen musste.

Auch die Kommissare Hansen und Stadler waren froh, dass der Fall abgeschlossen war. Sie waren stolz auf ihre Arbeit und freuten sich auf den nächsten Fall.

Und Julia Brand? Sie war einfach nur glücklich, dass sie bei den Ermitt-lungen helfen konnte. Sie wusste, dass sie noch viel lernen musste, aber sie war entschlossen, ein guter Polizist zu werden.

Die Sonne ging über dem Chiemsee unter und die Rosenheimer Cops blickten zufrieden auf den Tag zurück. Sie wussten, dass sie einen guten Job gemacht hatten und dass sie die Stadt sicher gemacht hatten.

Das Paradies ist noch nicht fertig

1. Teil - Im Garten Eden

Adam war der Erste, aus Roter Erde wurde er erschaffen.
Der Odem Gottes machte ihn lebendig.
Eva, auch aus Roter Erde und einer Rippe des Adam gebacken.
Auch der Odem Gottes machte sie vollständig. Sie saßen sich gegenüber
und schauten sich an, ganz lang.
Am Abend setzte sich Gott zu ihnen, sie bildeten einen Kreis.
Er sprach sie ganz freundlich an und es klang,
wie ein Vater zu seinen Kindern spricht, mit Fleiß.
Von jedem Baum hier im Garten, da dürft ihr essen,
aber von dem in der Mitte einen bitte nicht.
Und dann sollt ihr auch alles benennen, was ihr nicht kennet, was ihr
jemals nicht gesehen, gebt ihr einen Namen, ich will euch fragen.
Und am Abend treffen wir uns wieder hier oder dort.
Und ihr berichtet mir fort und fort.
So lernt ihr sprechen und reden, für euch aramäisch.
Wort für Wort, bis ihr es verstanden, das dauert lange.
Ich will euch lehren, ich will euch auch anleiten, bis ihr verstanden habt,
alles, was ihr seht. So ging das nun Tag ein Tag aus, ganz ohne Paus.
Dann kam der Engel und lockte das Weib hin zu dem Baum, von dem Gott
befahl, nicht zu essen ein Leben lang.
Luzifer hieß er, der Schelm, der gab Eva die Frucht und die brachte sie
dem Mann.
Beide aßen nun davon, ohne Wenn und Aber, sie kannten kein Pardon.
Der Abend kam und Gott kam, allein die Menschen versteckten sich Spat.
Gott rief sie, was habt ihr getan. Raus jetzt aus dem Garten und zieht euch
gefälligst warm an.
Der Garten wurde geschlossen, die Menschen verdrossen.
Es blieb so manches verborgen, das ist bis heute noch nicht vergoren.
Und die Arbeit geht nicht aus.

2. Teil- und die Arbeit geht nicht aus

Wohin du schaust, was du auch siehst, alles ist unvollkommen.
Der Mensch, dem fehlt es noch an viel, dem Tier, von dem ist auch noch nicht genug, die Pflanzen, sie könnten auch noch so viel.
Und nichts Genaues weiß man nicht.
So muss der Adam und die Eva in uns noch so manches befragen, bestimmen oder auch sagen.
Je mehr er aber weiß, desto weniger er versteht, und so mancher Zeitgenosse, dem ist das egal. Der muss nicht wissen, muss nicht sagen, muss nicht, muss nicht.
Die einen, die suchen und suchen und finden und finden den Stein der Weisen doch nicht mehr. Die Rechnung eben gemacht ohne den Herrn.
Der wandelt heute nicht mehr in seinem Garten, er macht was Neues, was allen dann passt, wo dann alle sind hinterher. Und Luzifer hat auch gemerkt, den Alten, den kann er nicht betören. So lässt er es bleiben und verschwindet in der Zeit.
Noch lange können dann Menschen und Tiere und Pflanzen sich suchen, sich wandeln und so allerlei gestalten, dann in der Neuen Welt, da wo keiner mehr der Alten verfällt.

Die Schatten der Stadt

Die Kapitulation

Es brach über die Stadt herein wie eine Lawine aus Feuer und heißem Lava, wie Feuer vom Himmel so wie damals bei Sodom und Gomorra.

Aber nicht, weil die Bewohner ein ausschweifendes Leben führten, nein, sie führten kein ausschweifendes Leben. Sie waren arm, sie hatten nichts zu essen, sie hatten keinen Job, sie konnten nicht mal zur Schule. Einen Arzt? Den gab es hier schon lange nicht mehr. Und jetzt entlud sich der Frust der Menschen. Autos wurden angezündet, Geschäfte geplündert, Menschen umgebracht, Polizisten verjagt, wenn sie in so ein NO-Go-Areas kamen. Es waren explosive Stadtteile, die unter sozialer Ungleichheit litten und sich ihrem Ärger Luft verschafften. Die baulichen Substanzen wurden vernachlässigt, es gab keine Müllabfuhr, Ratten verkehrten auf den Straßen und im Untergrund. Ja, es waren all die Städte betroffen, in denen der herrschenden Menschen vor dieser neuen Eskalation von Gesellschaft kapitulierten. Niemand unternahm etwas dagegen, niemand fühlte sich zuständig. Und es kommen immer mehr von den Migranten an. Keiner weiß wohin mit ihnen, keiner weiß was tun. Überall in den Großstädten Europas gab es mittler weilen solche Brennpunkte. Der Schaden war immens. Die Kommunalpolitiker schoben die Verantwortung auf das Land, das Department, die schoben die Verantwortung auf die Bundesregierung und die schauten nach Brüssel. Keiner fühlte sich zuständig. Aber so konnte es nicht weitergehen. Die Stadtplaner und zuständigen Behörden kapitulierten.

Im EU – Parlament in Brüssel gab es mittler weilen schon so etwas, wie eine EU policies and architecture, EU-Politik für Architektur. Schon seit 2001 gab es erste Eckpunkte. Die EU verfolgt ein ganzheitliches, menschenzentriertes Konzept für eine nachhaltige Umwelt, das der Architektur bei der Gestaltung von Gebäuden, öffentlichen Räumen und städtischen Landschaften im Sinne der Lebensqualität eine zentrale Rolle beimisst. Und heute gibt es eine Kommission, eine Expertengruppe mit 35 Experten aus 25 Mitgliedstaaten, die sich um Architektur in Zusammenhang mit baulicher Substanz und sozialen Ausgleichen kümmert. Fria Ahonen bewarb sich als Leiterin dieser Gruppe. Sie stammte aus Tampere in Finnland. Und hier ist man städtebaulich schon auf modernere Strukturen gestoßen. Fria bekam den Job. Sie wurde von den Abgeordneten des Hauses bestätigt. Die Präsidentin hatte sie auch vorgeschlagen. Nun konnte sie damit beginnen, ihre Gruppe zusammenzustellen. Rienhard kannte sie von ihrer Studienzeit her und lud ihn ein in ihr Büro nach Brüssel, um ihn näher kennenlernen. Er war ein erfahrener Architekt, der sich auch mit Raum und Zeit beschäftigte. Er sollte die Gruppe koordinieren, was Aufgaben und deren Verteilung anging. Fria besprach mit Rienhard die Themen und der machte daraus die Arbeitsvorlagen für die Gruppenmitglieder. Dazu hatte er einen Assistenten aus einer Hochschule für Bautechnik in Stuttgart engagiert, der studierte Architektur. Mittels Website war er mit der Gruppe dann verbunden.

Fria und Rienhard luden dann noch weitere Architekten und Bauingenieure zur Mitarbeit in ihrer Gruppe ein. Es war ein Mix aus Studienabgängern als auch erfahrenen Herren und Damen der Branche. Zum Auftakt wurden alle nach Brüssel eingeladen. Fria und Reinhold stellten ihnen erstmal das Projekt vor. Aber zunächst bekamen die Teilnehmer die Gelegenheit, sich vorzustellen. Als da waren: Prof. Christa Kappel für Kostenplanung und Projektmanagement sowie Prof. Sarai Maus von der Hochschule in Stuttgart für digitale Bauablaufplanung.

Von der IU in Deutschland meldeten sich rund zehn Interessenten zur Mitarbeit. Alles Professoren und Doktoren. Die eine oder andere Doktorarbeit sollte auch daraus resultieren. Die drei Beste sollten dann prämiert werden. Das IU bot ja auch Fernstudium an, sodass es verschiedene Personen aus dem europäischen Raum teilnehmen konnten, auch aus Finnland. Das war Fria zum Beispiel sehr wichtig.

Fria und Rienhard trafen sich zu ihrer ersten Besprechung in Stuttgart in der Hochschule. Hierbei formulierten sie ihr Thema. Unter der Überschrift „Architektur und Gestaltung neustädtischer Lebensräume" sammelten sie erstmal Themenfelder, die bearbeitet werden sollten. Die Leiter der Hochschule unterstützten sie dabei. Die Bereiche wurden grob umrissen und sollten dann präzise ausgearbeitet werden. Dabei waren: Architektur und Gestaltung, Bauingenieurswesen, Baustoffe, Bauphysik, Informatik, Mathematik, Vermessung, Wirtschaft und praktische Übungen und Beispiele anhand prämierter Darstellungen. Aus diesen Feldern suchten sie den aktuellsten Stand heraus. Rienhards Assistent sammelte alle Themen, um sie später entsprechend zu verteilen. Der stellte die Themen dann auf ihrer Website ein, von wo die Teilnehmer sie dann abrufen konnten. Unter dem Thema Architektur und Gestaltung konnten die Themen von den Mitgliedern gesichtet und dann belegt werden. Nur sie hatten eine Zulassung dafür. Fria und Rienhard sprachen über Architektur und Gestaltung von Großstädten. Rienhard: Gehen wir mal davon aus, dass es keine zentralen Konzepte mehr für die architektonische Gestaltung von Großstädten gibt. Was heißt das dann? Müssen wir doch neu entwickeln, aber nach den heute gegebenen Umständen. Nachhaltigkeit als auch umwelt- und klimabewusst.

Fria: Das sehe ich auch so. Allerdings würde ich keine autonomen Alleingänge befürworten. Baumaterial Holz wäre sehr zu empfehlen, muss man aber mal prüfen, ab das der letzte Weisheitschluss ist. Vielleicht reicht schon die Verkleidung mit Holz. Das wäre ein Ansatz.

Rienhard: Ja und das Bauwesen muss neu koordiniert werden. Ein Mann/Frau alleine ist damit überfordert. Bauingenieurinnen und Bauingenieure errichten Wohnhäuser, Industriegebäude oder Messe- und Sportzentren. Sie planen Wasser- und Abwassersysteme, die uns zum Beispiel modernen

Wohnkomfort ermöglichen. Von ihnen geschaffene Tunnel und Brücken überwinden natürliche Grenzen. Verkehrsanlagen verbinden Stadtteile, Regionen und ganze Kontinente. So vielseitig wie diese Aufgabengebiete ist daher auch das Studium des Bauingenieurwesens. Spezialisten sind hier gefragt. Das Wissen kann dann zusammengeführt werden.

Fria: Und wir müssen uns beeilen. Ein genereller Baustopp weltweit würde uns vielleicht Zeit verschaffen. Aber wir brauchen eine Lösung für das Problem. Und zwar gleich.

Fria ging mit dieser Erkenntnis zurück nach Brüssel, wo sie Ursula von der Leyen unterrichtete. Die war sofort dafür mit der Prämisse die Alternativen zu benennen und einzuführen. Sonst kostet das Arbeitsplätze. Fria gab Rienhard grünes Licht und der beauftragte seinen Assistenten die Aufgaben entsprechend zu formulieren und in die Website einzustellen. Auf der Website entstand nun das völlig neue Konzept einer planbaren Großstadt. Angefangen von den Materialien über die Bauart bis hin zur Logistik, wurde alles neu definiert. Zu jedem Thema durfte jeder Interessierte etwas beitragen. Die benannten Mitarbeiter bewerteten und analysierten und begutachteten alles, was eingebracht wurde. Politisch gesehen musste von der Leyen Druck ausüben. Das behagte allerdings nicht jedem. Fria erhielt eines Tages eine E-Mail aus Italien. Italienisch konnte sie nicht, sie ließ es von ihrem Übersetzungsprogramm übersetzen. Es war eine unverblümte Drohung, sich von der Bauwirtschaft fernzuhalten, ansonsten könne für ihre Sicherheit nicht garantiert werden.

Tieni presente che in caso di controversia sulle tue attività, non possiamo garantire nulla, inclusa la tua salute. Übersetzt: Bitte beachten Sie, dass wir bei etwaigen Kontroversen zu Ihren Aktivitäten, für nichts garantieren können, auch nicht für Ihre Gesundheit. Und schon sah man sich Akteuren gegenüber, die vor nichts zurückschreckten. Die Korruption war der größte Feind von diesem Projekt. Fria gab das sofort weiter. Solche Drohungen sind mittlerweile üblich geworden. Die Absender können nicht erfasst werden. Von daher einfach nicht beachten. Fria und Rienhard machten also weiter, als wäre nichts gewesen. Rienhards Assistent stellte nun den Inhalt des neuen städtischen Bauvorhabens zusammen. Architektur und Gestaltung, Bauingenieurswesen, Baustoffe, Bauphysik, Informatik, Mathematik, Vermessung, Wirtschaft.

Architektur: Moderne und Funktionalität, Größe, Anpassungen
Baustoffe: Holz, Beton, Glas, Stahl
Bauwesen: Planung, Technik, Statik und Funktionalität von
Bauwerken aus dem Hoch- und Tiefbau, dem Städtebau
und Verkehr sowie dem Wasserbau und dem konstruktiven Ingenieurbau
Bauphysik: Statistik, Tragwerke, Wärmeschutz, Feuchte, Schall, Akustik, Brand, Licht, Energie
Informatik, Mathematik, Vermessung, Wirtschaft. Zu diesen Themenfeldern wurde nun von den Teilnehmern jeweils eine Arbeit beigestellt. Es konnte ein Thema auch von mehreren bearbeitet werden. Wichtig war

eben der Eintrag in die Website. Zeitvorgabe war ca. 6 Monate bis zum Abschluss. Anschließend gab es dann ein Workout, der noch bekannt gegeben werden sollte. Zum Abschluss sollte das dann der Europäischen Kommission vorgestellt werden. Das Thema Architektur wurde von etlichen Teilnehmern favorisiert.

Norman Forster, Jean Nouvel, auch von derzeit studierenden Architekten waren daran beteiligt. Beispiel von Arbeiten für Funktionalismusarchitektur. Louis Sullivan hat diese neue Art von Architektur beschrieben. „form should follow the function". Daraus entstand dann die Funktionalismusarchitektur. Moderne Häuser wurden danach entworfen, Fabriken, kleine Häuser ebenso wie Villen. Man konnte auch mit 3D-Druckern bauen. Dabei wurden Eisen und Glas als Baustoffe verarbeitet. Das floss alles ein in die Website und Fria und Rienhard begannen mit der Sichtung der Ergebnisse. Dabei wurden folgende Prämissen festgelegt: Nachhaltigkeit in Ökologie, in Ökonomie, in Soziales also zukunftsfähig. Baustoffe, wie Beton, Stahl, Glas und Holz sinnvoll nutzen und nach neuesten Erkenntnissen einsetzen.

Es kam einiges an Erkenntnissen zusammen, und Rienhard und Fria hatten alle Hände voll zu tun, alles auszuwerten. Es wurde der Kommission vorgestellt. Alle Beteiligten waren anwesend. Die Kommission willigte ein und nun sollte ein Konzept zur Umsetzung der neuen Bauweise erstellt werden. Dazu gab es ein entsprechendes Budget. Fria freute sich riesig. So konnte sie mit daran wirken, etwas Positives in der Bauwirtschaft beizutragen. Hoffte sie. Dann kam das zweite Schreiben. Und hier wurde nun sehr deutlich davor gewarnt, dieses Projekt weiterzuführen. Als Zeichen der Entschlossenheit sollte ein Attentat auf eine angesehene Persönlichkeit erfolgen. Wer wurde nicht benannt. Auf der Website stellte Rienhard nun eine Nachricht für diese Terrororganisation ein. Er rief auf, an der Zukunft Europas mitzuarbeiten und sich dadurch Vorteile zu verschaffen. Nicht mit Attentaten zu drohen, sondern die Kommunikation suchen, nicht mit Gewalt zu drohen, sondern mit Kooperation sich zu beteiligen. Die Antwort ließ nicht lange auf sich warten. Wir sagen, wo es lang geht. Das war dann deutlich. Fria übergab die Nachricht jetzt der Kommission, die wollte sich drum kümmern. Rienhard machte auch weiter, wie bisher. Es gab erstmal keine weiteren Drohungen. Infos und Nachrichten wurden weiterhin über das Webportal verbreitet. Allerdings fehlte noch das Gesamtkonzept. Das sollte zum Schluss dann vorgestellt werden. Es wurden verschiedene Szenarien vorbereitet. Die sahen wie folgt aus:

1. Szenario

Eine geeignete Lage

Einordnung in eine Topografie

Beschaffenheit des Bodens

Gliederung und Anordnungen von Straßen, Baufelder

Baubereiche, freizuhaltende Flächen, die dreidimensionale Gestalt der Stadt (offene/geschlossene Bebauung, Höhenstaffelung, Blickpunkte,

Stadtsilhouette, städtebauliche Raumbildung durch Straßen und Plätze),
Arbeitsplätze.

Hierarchie der Räume (Platzsysteme oder ein Hauptplatz)

Zahl und Hierarchie der innerstädtischen Zentren (Hauptzentrum, Neben-
zentren, Stadtteilzentren, Nahversorgungszentren)

städtische Infrastruktur wie: die Versorgungsmöglichkeiten mit Wasser,
Heizmaterial, der Schutz gegen Wind, Überhitzung, die Entsorgung von
Abwasser, Abfällen.

Größe der Stadt

2. Szenario

Industriestädte

Industrie mit Anbindung an Wohnraum

Soziale Komponenten

Interessen der Individuen

3. Szenario

Ländlicher Raum mit Satellitenstädten Schulanbindung, Krankenhaus,
Arzt, Alters und Pflegeversorgung

Diese Szenarien sollten europaweit anwendbar sein. Das hatte folgenden
Hintergrund: Europa hat unterschiedliche Ballungsräume. Da sind in der
Vergangenheit schon Fehler gemacht worden. Die Städte wurden immer
größer und größer. Die Metropolen waren Anziehungspunkt der Bevölkerung. Das aber verschlang eben auch eine Menge Ressourcen. Die
Bevölkerungsdichte änderte sich von Nord nach Süd und von West nach
Ost. Das galt es zu entzerren. Dort, wo heute noch wenig besiedelt ist,
sollten neue Möglichkeiten zum Leben geschaffen werden. Die hohe
Bevölkerungsdichte sollte abgebaut werden. Wenn man die Übersichts-
karte betrachtet, wird sehr schnell klar, wie man so etwas angehen
könnte. Platz gab es genug. Vor allem in Russland und Skandinavien. So
gesehen könnte man eine oder mehrere Regionen aussuchen und dort ein
Pilotprojekt starten. Interessenten könnten sich melden. Dazu benötigte
man aber einen Anreiz, damit Menschen sich dafür ihr Interesse
anmelden konnten. Das hing davon ab, was alles an Angeboten vor-
handen war. Der Assistent von Rienhard stellte eine Offerte zusammen.
Das war ein Minimum. Schulen, Krankenhäuser, Ärztesystem, Einkaufs-
parks, Freizeitangebote, Arbeitsmöglichkeiten. Es sammelte sich schon
einiges an. Das Projekt wurde von der Kommission genehmigt und damit
auch bezuschusst. Das war wichtig. Damit meldeten sich auch Länder mit
weniger Budget. Aber das Steueraufkommen war eine wichtige Größe.
Norwegen, Schweden, Finnland hatten noch genügend Platz und auch die
Voraussetzung für solch ein Projekt. Estland, Lettland und Litauen sind
kleinere Länder, aber mit Potenzial für solch ein Projekt. Die Türkei wäre
denkbar, das Klima ist hier noch recht gemäßigt, da irgendwo lag der
Garten Eden, aber da fehlt es noch an Demokratie. Weißrussland und
Russland haben genug Platz, jedoch fehlen hier die politischen Vorausset-
zungen. Die Europäische Union hat das aber schon auf ihrer Agenda. Eine

Annäherung an diese Staaten könnte sich für alle lohnen. Das Projekt nahm langsam Gestalt an, zur Umsetzung kamen alle Mitglieder nach Brüssel, um an der Kickoff - Veranstaltung teilzunehmen.
Belgien, Bulgarien, Dänemark, Deutschland, Estland, Finnland, Frankreich, Griechenland, Irland, Italien, Kroatien, Lettland, Litauen,
Luxemburg, Malta, Niederlande, Österreich, Polen, Portugal, Rumänien, Schweden, Slowenien, Slowakei, Spanien, Tschechien, Ungarn, Zypern.
Norwegen und Türkei nahmen als interessierte Staaten teil. Und in dem Zuge war es auch wichtig, die vorhandenen Ballungszentren zu entflechten. Da waren alle sehr daran interessiert.
Fria und Rienhard wurden beauftragt, dieses Projekt zu leiten. Sie machten das wie bisher. Fria als Chefin, Rienhard als Koordinator. Das hat gut funktioniert. Auch der Assistent, Little Gerhard, blieb der Unternehmung treu.
Little Gerhard hatte eine besondere Fähigkeit. Er konnte sehr schnell die Gedanken von Fria und Rienhard umsetzen in eine Fotografie und somit immer detailliert festhalten. Das war wichtig, da sonst immer wieder Informationen und Gedankengänge verloren wären. Durch seine Fähigkeit aber blieben die erhalten und das Puzzle fügte sich langsam zu einem Ganzen. Ein Bild, dass Little Gerhard dann in allen Einzelheiten beschreiben konnte. Das Ergebnis stellte er auf der EU Website ein, sodass jeder seine Meinung dazu äußern konnte. Für die Mitarbeiter gab es noch eine eigene Website zur Bearbeitung. Aber diese Arbeitsgruppe beschäftigte sich mit der Entzerrung von Ballungsgebieten in Europa. Und dazu gab es schon einige Ansätze. Little Gerhard beschrieb zunächst das Szenario eins. Dazu gehörte auch das Erfassen von Bodenschätzen und deren Abbau. Viele Europäer sind sich der Bedeutung der Bergbauindustrie überhaupt nicht bewusst, doch das nachhaltige Wachstum Europas wird in Zukunft stark von vor Ort abgebauten Bodenschätzen abhängen. Gleichzeitig birgt die starke Rohstoffnachfrage von Ländern wie China und Indien eine echte Gefahr für die Versorgungssicherheit der EU. Global gesehen entfällt auf diese Regionen der Löwenanteil an Rohstoffen und Finanzressourcen; dies zieht weltweit industrielle Umstrukturierungen und Verlagerungen nach sich.
Also suchte Little Gerhard nach Regionen, die sich für den Abbau von Rohstoffen anböten, um sie für die wirtschaftliche Entwicklung zu fördern. Dazu zählten auch landwirtschaftliche Betriebe. Rienhard rief Little Gerhard an, um mit ihm die weiteren Vorgehensweisen abzustimmen. Er war nicht erreichbar. Rienhard schickte eine SMS, dringend zurückrufen. Keine Antwort. Am nächsten Tag dasselbe Spielchen. Kein Little Gerhard. Fria und Rienhard wurde es nun mulmig. Was war los? Dann kam eine E-Mail auf ihre Website. Wir haben ihren Mitarbeiter in Gewahrsam genommen. Da bleibt er, bis sie ihr Projekt einstampfen. Fertig.
Rienhard übergab diese Nachricht sofort Europol. Die kümmerte sich gleich um den Fall. Der lange Arm der Korruption hatte in ganz Europa

Zugang zu den Menschen. Bis hinein und das sehr bewusst, die Parteienlandschaften von Landespolitikern und EU Abgeordneten.

So gilt es, der organisierten Kriminalität und Terrorismus den Nährboden zu entziehen, der durch Korruption entsteht. In diesem Fall wurde ein Mitglied der städtebaulichen Kommission Europa seiner Freiheit beraubt. Motivation ist das Vorhaben, im Städtebau neue Vorhaben einzuführen und zu etablieren. Das geht zulasten von kriminellen Vereinigungen. Und so eine hat sich nun Little Gerhard bemächtigt.

Ein Mitarbeiter von Europol wurde zur Fahndung nach Little Gerhard abgestellt. Der war zuletzt in seinem Büro in Stuttgart. Auf seinem Heimweg wurde er in ein Auto gezerrt und betäubt. Aufgewacht ist er dann in einem Bunker. Er war gefesselt und geknebelt. Er hatte aber auch einen Minipeilsender hinter seinem linken Ohr unter der Haut gespritzt bekommen. Alle der Arbeitsgruppe hatten den bekommen. Gerhard Little hoffte jetzt nur, dass der auch funktionierte. Der Mitarbeiter von Europol, Linus Peeters, flog mit dem Hubschrauber nach Stuttgart. Von hier aus versuchte er, den Kontakt zu Gerhard Little herzustellen. Die Reichweite von dem Peilsender war noch nicht so weit. Und er musste sich beeilen, denn die Batterie hielt auch nicht so lange. Ein Kontakt reichte aus, um den Sender zu lokalisieren. Aber dazu musste man schon ziemlich nah dran sein. Mit mehreren Hubschraubern stieg man nun auf und flog in konzentrischen Kreisen versetzt über unterschiedlichen Gebieten. So erhoffte man sich schnell an das Signal zu kommen. Und tatsächlich. Bei Hagenau fing die Crew ein Signal auf. Es am vom Block sechs des Artilleriewerks Hochwald bei Hagenau. Und noch ein zweites und ein Drittes. Sie hatten Gerhard Little gefunden. Jetzt mit größter Vorsicht anpirschen. Das wurde von einer französischen Sondereinheit vorgenommen. Linus war der Auftraggeber, der Chef der Eingreiftruppe befehligte die Aktion. Mit Einbruch der Dunkelheit postierten sich die Leute um das Artilleriewerk. Jemand stand vor dem Mitteltor und hielt Wache. Es musste nun alles sehr schnell gehen. Von dem Überwältigen der Wache bis zum Eindringen in den Mannschaftsraum der Kasematte durfte nicht viel Zeit vergehen. Eine Nebelkerze behinderte die Sicht der Terroristen. So konnte Little Gerhard von seinem Kidnapping befreit werden. Die beiden Männer nahmen sich das Leben mittels einer Giftpille. Der Wächter wurde in Verwahrung genommen. Rienhard und Fria waren erleichtert, als sie das hörten. Europol bekam eine Belobigung und die französischen Helfer eine Sonderbelobigung. So geht Zusammenarbeiten in Europa.

Little Gerhard kam nach seiner Befreiung sofort nach Brüssel und man ließ ihn im Krankenhaus noch untersuchen. Ein paar Tage Ruhe taten ihm gut. Dann arbeitete er vor Ort weiter. Linus hingegen war noch an dem Fall dran. Es galt ja noch, die Hinterleute zu entlarven. Der überwältigte Wachmann fing an zu singen. So kam man an diverse Namen. Darunter Deutsche, Schweizer, Chinesen. Aus aller Herren Länder kamen die her. Und es floss viel Geld in alle Richtungen. Es wurde höchste Zeit, diesen Sumpf trocken zu legen. Linus konnte sich hierbei einen Namen machen. Er wurde zum verhasstesten Mann in Europa und Fernost. Politisch gesehen musste man sehr behutsam vorgehen. Da viel Geld hin und her geschoben wurde, waren natürlich auch viele Banken betroffen. Die konnten sich nie sicher sein, wenn sie Kredite vergaben, ob am nächsten Tag noch Geld zur Verfügung stand. Die europäische Bank musste oftmals als Notnagel einspringen. Nach dieser Aktion, als sich alles wieder normalisierte, konnten Fria und Rienhard anfangen, ihr Konzept umzusetzen. Das hatte es in sich. Kein Wunder. Es blieb kein Stein auf dem Anderen. Alles, was mit Bauen zu tun hat, wurde gestoppt. Nichts mehr wurde weitergeführt. So konnte sich die Bauindustrie mit Reparaturen und Ausbesserungen oder auch mit Fertigstellung von Projekten über Wasser halten. Bei ernsthaften Problemen sprang die EU ein. Dazu sollte ein Fond gegründet werden nach dem norwegischen Vorbild. Dazu war es jetzt aber zu spät. Und so sprach man mit den Norwegern, in ihren Fond mitzuinvestieren. Allerdings auch hier betrug der Anlagehorizont mehrere Jahrzehnte. Trotzdem konnte das lukrativ sein. Denn die Fonds investierten vor allem in große als auch mittelständische Unternehmen in ganz Europa. Die Fondsmanager der Zentralbank investieren in Aktien, Anleihen und Immobilien. Die Abdeckung bei den Aktieninvestitionen ist weltweit über alle Branchen hinweg fast vollständig. Damit macht es auch wenig Sinn, pro Land eigen Fonds zu gründen. Einen gemeinsamen Fond für Europa wäre sinnvoll. Das wollte nun die EU mit Frau von der Leyen vorantreiben.

Fria und Rienhard begannen nun mit der strukturierten Bearbeitung der neuen städtebaulichen Pläne in Europa. Demnach wurde als Erstes alles, was Bodenschätze betrifft, dargestellt. Wo gibt es welche Bodenschätze? Zu Land und zu Wasser. Natürlich schaute man über Europa hinaus. Heute kaufte man von fernen Ländern fehlende Rohstoffe hinzu. Die ließ man auch noch weiter verarbeiten bis zum Fertigprodukt. Dann wurde das irgendwo in ein Produkt eingearbeitet. Diese Vorgehensweise kostet ein Vermögen, die der Einzelne auch bereit ist zu bezahlen. Allerdings, wenn das Produkt nicht mehr verkauft wird, bleiben viele Menschen auf der Strecke. Und wenn wir nicht auf die Ressourcen achten, dann gibt es sie eines Tages nicht mehr. Auch ein Thema zu neuen städtebaulichen Plänen. Keine Verschleuderung von Ressourcen. Es darf keinen Erdüberlastungstag mehr geben. Weltweit. Darauf galt es, als erstes Mal hinzuweisen. Das übernahm Little Gerhard. Er verfasste eine Ressourceneinstellung weltweit. Rohstoffvorkommen und deren Abbau benötigte eine Kontrolle, die darauf achtet, dass immer in benötigter Menge abgebaut und verteilt wird. Auch der Gewinn. Die allgemeine Weltwirtschaft sollte dazu als Erstes beitragen. Alle Staaten wurden aufgerufen, ihre Vorstellungen auszuarbeiten und in ein Weltwirtschaftsforum einzubringen. Alle Staaten. Es gab keine Differenzen nach Meinung oder Haltung oder sonstige Befinden. Neue Wahlen standen an. Der Europarat soll eine neue Zusammensetzung bekommen. Von der Leyen muss also auch neu gewählt werden.

Fria wollte abwarten und nach der Wahl weitermachen, Rienhard aber wollte weitermachen, unabhängig davon, wie gewählt werden würde. Sie konnten sich darauf einigen. Gerhard Little arbeitete seine Planungen vollends aus. Alle Anderen steuerten ihre Vorstellung dazu bei.

Beim europäischen Green Deal handelt es sich um die sogenannt Leipzig - Charta: Basis für die integrierte Stadtentwicklung zur nachhaltigen europäischen Stadt. Die gerechte Stadt, die grüne Stadt, die produktive Stadt. Die Gestaltung der digitalen Transformation sowie Bodenpolitik werden darüber hinaus als konkrete Aufgabenfelder benannt. Gerhard Little fügte noch Baumaterialien hinzu, wie Beton, Glas und Holz, als auch architektonisches Aussehen von Bauobjekten als Prinzip. Er betrachtete aber auch die vielen Wege des Pendelverkehrs und fügte hierfür noch ein eigenes Logistikkonzept hinzu.

Fria und Rienhard stellten das noch einmal dem Rat vor. Es wurden keine Kosten hierfür aufgeschlüsselt. Das war aber noch eine Forderung vom Rat. Sie lehnten dies ab, mit der Begründung, dass für diese Planung die Kosten keine Rolle spielen dürften. Von der Leyen gab ihr i.O. dazu, der Rat willigte ein. So konnte die Gruppe nun mit den Konzepten für die einzelnen Schritte beginnen und damit mit der Umsetzung des Vorhabens.

Die neue Leipziger Charta für nachhaltige Städteentwicklung ist eine wichtige Weiterentwicklung der ursprünglichen Charta von 2007. Sie berücksichtigt die Herausforderungen des Klimawandels und der Ressourcenknappheiten und betont die Notwendigkeiten einer nachhaltigen Stadtentwicklung.

Die neuen Verkehrswege und Mittel, die in der neuen Charta erwähnt werden, sind wichtige Möglichkeiten, den Ressourcenabbau und die Umweltverschmutzung durch den Verkehr zu reduzieren. Dazu gehören beispielsweise der Ausbau von öffentlichen Verkehrsmitteln, der Rad- und Fußverkehr sowie der Einsatz von Elektrofahrzeugen.

Die Betrachtung des Ressourcenabbaus ohne Pendelverkehr ist ebenfalls wichtig. Der Pendelverkehr führt zu einem erhöhten Ressourcenverbrauch, da die Pendler oft lange Strecken zurücklegen müssen. Die neue Charta empfiehlt daher, die Lebensbedingungen in den Städten so zu verbessern, dass die Menschen dort wohnen und arbeiten können.

Die neuen nachhaltigen Baumaterialien wie Beton, Glas und Holz sind eine weitere Möglichkeit, die Umwelt zu schützen. Diese Materialien sind recycelbar und können so den Ressourcenverbrauch reduzieren.

Insgesamt ist die neue Leipziger Charta ein wichtiger Schritt in Richtung einer nachhaltigeren Stadtentwicklung. Sie bietet konkrete Maßnahmen, die die Städte dabei unterstützen können, ihre Umweltbilanz zu verbessern.

Hier sind einige konkrete Stellungnahmen zu den einzelnen Aspekten:

Logistik mit neuen Verkehrswegen und Mittel: Der Ausbau der öffentlichen Verkehrsmittel ist eine wichtige Maßnahme, um den Pendelverkehr zu reduzieren. Der Rad- und Fußverkehr können ebenfalls einen wichtigen

Beitrag leisten, wenn sie sicher und komfortabel sind. Der Einsatz von Elektrofahrzeugen kann den CO2-Ausstoß des Verkehrs reduzieren.

Ressourcenabbau ohne Pendelverkehr: Die Verbesserung der Lebensbedingungen in den Städten kann dazu beitragen, dass die Menschen dort wohnen und arbeiten können. Dies kann durch den Ausbau von Schulen, Kindergärten, Krankenhäusern und anderen öffentlichen Einrichtungen erreicht werden.

Neue nachhaltige Baumaterialien: Beton, Glas und Holz sind recycelbar und können so den Ressourcenverbrauch reduzieren. Diese Materialien können auch dazu beitragen, die Lebensqualität in den Städten zu verbessern, indem sie beispielsweise für die Dämmung oder die Schalldämmung verwendet werden.

Die Umsetzung der neuen Leipziger Charta wird eine Herausforderung sein, aber sie ist auch eine Chance für die Städte, nachhaltiger und lebenswerter zu werden.

Mit diesem Programm konnte nun Frau von der Leyen und deren Gefolgsleute eine gute Werbekampagne führen und hatten am Ende auch Erfolg damit. Sie wurden wieder gewählt. Das Projekt, bauen neuer europäischer Städte, konnte beginnen.